KB078313

게임 씹어먹는 엑스트라 6

월문선 퓨전 판타지 소설

초판 1쇄 찍은 날 § 2020년 11월 12일
초판 1쇄 펴낸 날 § 2020년 11월 19일

지은이 § 월문선
펴낸이 § 서경석

총괄팀장 § 노종아
편집책임 § 신나라
디자인 § 공간42

펴낸곳 § 도서출판 청어람
등록번호 § 제387-1999-000006호
등록일자 § 1999. 5. 31
어람번호 § 제1-3096호

주소 § 경기도 부천시 부일로 483번길 40 서경B/D 3F (우) 14640
전화 § 032-656-4452 팩스 § 032-656-4453
http://www.chungeoram.com
E—mail § chungeorambook@daum.net

ISBN 979-11-04-92277-0 04810
ISBN 979-11-04-92218-3 (세트)

게임 씹어 먹는 엑스트라

월문선 퓨전 판타지 소설

FUSION FANTASTIC STORY

6

[완결]

도서출판
청람

목차

Chapter

1

나이젤은 주변을 둘러봤다.

브로드 일행의 상태는 결코 좋지 않았다. 하나같이 지친 기색이 역력한 데다가 카오스 몬스터들에게 당했는지 지면에 쓰러진채 움직이질 못하고 있는 상태였으니까.

아우—————!

순간 배드울프가 길게 포효했다.

그리고 멜리오나를 안고 있는 나이젤을 향해 붉은 눈을 번뜩이며 노려봤다. 배드울프의 주인이라고 할 수 있는 파이런을 나이젤이 날려 버리자 분노한 것이다.

현재 품에는 멜리오나를, 발밑에는 브로드가 있는 상황.

만약 몸길이가 5미터에 달하는 거대한 배드울프가 달려든다면 위험할 수밖에 없었다.

하지만 나이젤은 걱정하지 않았다.

왜냐하면.

"개 주제에 꽤 크네? 늑대 갠가?"

쿵!

크림슨 용병단의 단장, 라그나가 나이젤 앞에 육중한 소리를 내며 착지했으니까.

빠르게 달려오느라 흐트러진 머리를 쓸어 올리며 라그나는 뒤를 돌아봤다.

"나이젤, 괜찮냐?"

"당연히."

라그나의 말에 대답한 나이젤은 고개를 끄덕이며 답했다.

하지만 나이젤이 1초라도 늦었으면 멜리오나가 위험해졌을 것이다.

파이런의 마기가 담긴 공격에 큰 피해를 입을 뻔했으니까.

'그림자 이동술이 아니었으면 진짜 위험했을지도.'

나이젤이 파이런을 발견했을 때는 이미 늦어 있었다. 파이런이 멜리오나에게 위해를 가하기 직전이었으니까.

그렇기에 문제는 시간이었다.

파이런이 멜리오나에게 위해를 가하기 전에 무상신법으로 도달하기에는 거리가 멀었다.

하지만 나이젤에게는 새로운 스킬이 있었다.

새도우 울프킹의 그림자 이동술.

그림자와 그림자 사이를 마치 공간 이동 하듯 움직일 수 있는 스킬이다.

비록 시야 범위 내에서만 이동이 가능하다는 제한 조건이 있지만, 무상신법보다 빠르게 이동할 수 있다는 장점이 있었다.

그리고 나이젤의 시야에 파이런이 보이고 있는 상황.

덕분에 나이젤은 파이런의 그림자 속에서 뛰쳐나와 늦지 않게 멜리오나를 구할 수 있었던 것이다.

물론 그뿐만이 아니다.

"그런데 대체 무슨 기술을 쓴 거냐?"

라그나는 힐끔 나이젤을 돌아보며 말했다. 불과 조금 전까지만 해도 나이젤보다 앞서 달리고 있었다.

본래라면 나이젤보다 먼저 도착해야 정상이었다.

하지만 결과적으로 나이젤이 먼저 도착해서 파이런을 날려 버린 것이다.

"비밀."

"쳇. 가르쳐 주기 싫으냐? 그럼 저놈은 내가 맡지."

피식 웃으며 답하는 나이젤의 말에 고개를 흔든 라그나는 앞을 바라봤다.

크르르.

그의 눈앞에 4성 카오스 네임드 보스, 배드울프가 낮은 울음소리를 내고 있었다.

"재밌을 것 같군."

라그나는 배드울프를 마주 노려보며 입꼬리를 치켜올렸다.

배드울프와 한바탕할 생각에 절로 웃음이 지어졌으니까.

콰앙!

이윽고 라그나는 지면을 박찼다.

얼마나 다리에 힘을 줬는지, 라그나가 발을 디딘 지면이 움푹 파이면서 작은 크레이터가 생겨났다.

파아아앙!

어마어마한 속도로 할버드, 미스틸테인을 앞세우고 배드울프를 향해 달려드는 라그나.

크아아아앙!

그 모습을 본 배드울프는 길게 포효를 하며 마나를 끌어모았다.

고유 스킬, 다크니스.

멀티플 실드.

차차창!

배드울프를 감싸고 있던 어둠의 일부가 앞으로 전개되면서 삼중 방패가 일정 거리 차를 두고 생겨났다.

고유 스킬 다크니스는 배드울프를 감싸고 있는 어둠, 그 자체였다.

그리고 배드울프는 자신을 감싸고 있는 어둠을 다양한 방법으로 변형시켜서 사용할 수 있었다.

지금은 라그나의 돌진에 대항하기 위해 전방에 삼중 방패를 전개시켰다.

아무래도 자신을 향해 돌진하는 라그나를 위험한 존재로 인식한 모양.

보통 같았으면 삼중 방패가 아니라 하나만 전개시켰을 것이다.

하지만 그렇게 하고서도 라그나를 막기에는 역부족이었다.

"하하핫! 겨우 그 정도로 이 몸을 막을 수 있을 것 같으냐!"

콰자자장창!

눈 깜짝할 사이에 배드울프가 전개한 어둠의 방패가 유리처럼 깨져 나갔다.

라그나가 휘두른 미스틸테인 앞에 배드울프의 검은 방패는 종잇장이나 다름없었다.

순식간에 어둠의 방패를 제거한 라그나는 배드울프의 코앞에 도달했다.

그 순간.

뻐어어억!

라그나는 배드울프의 턱 밑에 주먹을 쳐 올렸다.

크어어어엉!

턱 아래를 가격당한 배드울프는 덩치에 어울리지 않게 구슬픈 비명을 내질렀다.

"헐."

그리고 나이젤은 눈앞의 광경에 어이가 없다는 표정을 지었다.

믿기지 않게도 배드울프의 거구가 십 미터 넘게 수직으로 솟구쳐 올랐으니까.

정말 무식하기 짝이 없는 힘이 아닐 수 없었다.

"고작 이 정도냐? 날 더 즐겁게 만들어봐라!"

더 어처구니가 없는 건 아직 라그나의 공격이 끝이 아니라는 사실이었다.

쾅!

라그나는 광소를 터뜨리며 지면을 박찼다.

그러자 라그나 또한 배드울프를 따라 공중으로 솟구쳐 올랐다.

퍼억!

캐앵!

공중에서 라그나가 휘두른 미스틸테인의 창대에 배를 가격당한 배드울프는 외마디 비명과 함께 몸이 기역 자로 꺾이며 튕겨져 날았다.

그리고 그걸 놓치지 않고 라그나는 웃음을 터뜨리며 배드울프를 쫓아 어둠 속으로 사라졌다.

꽤 거리가 떨어졌는지 나무들 너머로 사라진 라그나와 배드울프의 모습은 보이지 않았다

다만, 이따금 굉음이 울려 퍼지면서 라그나의 광소와 배드울프의 비명 소리가 들려올 뿐.

"저자는 대체……."

그리고 나이젤이 내민 손을 잡고 자리에서 일어난 브로드는 믿기지 않는 표정을 지었다.

자신들이 건드릴 생각조차 해보지 못한 배드울프를 시원시원하게 날려 버리는 인물이 있을 줄은 상상도 하지 못했으니까.

"그가 라그나 로드브로크입니다. 크림슨 미드나이트 용병단의 단장이죠."

"라그나 로드브로크? 설마?"

나이젤의 말에 브로드는 경악한 표정을 지으며 눈을 부릅떴다.

라그나를 직접 만나본 적은 없었지만 이야기나 소문이라면 무성하게 들어봤다.

세계 최강의 용병단, 크림슨 미드나이트를 이끄는 용병왕, 라그나 로드브로크.

그가 아크 대륙에서 남긴 업적을 모르는 사람은 없을 정도였으니까.

"그가 라그나라면 가능한 일이겠지."

브로드는 고개를 절레절레 흔들었다.

마스터의 경지에 든 라그나라면 괴물 같은 배드울프라고 해도 상대가 되지 않을 테니까.

단순히 무력 수치만 놓고 봐도 어마어마한 차이가 났다.

배드울프의 무력은 80 후반이지만, 라그나의 무력은 90 후반이니 말이다.

무력 90 이상에서 1포인트의 차이를 뒤집기도 굉장히 힘든 마당에 무려 10포인트나 차이가 났으니 배드울프가 입도 발도 못 쓰는 건 당연했다.

'배드울프는 라그나에게 맡긴다 치고.'

나이젤은 고개를 돌려 커다란 나무 밑동 아래에 등을 기대고 기절해 앉아 있는 파이런을 바라봤다.

"언제까지 기절한 척 있을 거냐?"

"알고 있었나?"

나이젤의 말에 파이런이 눈을 뜨며 고개를 들었다.

"퉤."

그리고 입안에 고여 있던 피를 내뱉었다.

"버러지 같은 인간 주제에 감히 마족인 나에게 상처를 입히다니."

"지랄하네. 라그나가 무서워서 기절한 척하고 있던 주제에."

"이 빌어먹을 놈이!"

나이젤의 도발에 파이런은 자리에서 벌떡 일어나며 마기를 흘렸다.

하지만 나이젤의 말은 사실이었다.

나이젤의 일격에 옆구리를 얻어맞고 나무 밑동에 쓰러졌을 때, 라그나가 도착했다. 그리고 파이런은 아무것도 할 수 없었다.

본능적으로 느낀 것이다.

라그나를 건드리면 안 된다고.

그래서 배드울프를 이용했다.

이 세계를 침공한 선발대 중에서 파이런은 배드울프와 같은 육식형 마수들로 이루어진 프레데터 부대의 지휘관이었다.

그 덕분에 배드울프에게 심령으로 강제 명령을 내릴 수 있었다.

그래서 배드울프가 라그나의 앞을 막아섰다.

그리고 라그나는 자신을 노리는 배드울프를 향해 달려든 것이다.

하지만 파이런은 알고 있었다.

'파일런 형님이 아니면 안 돼.'

아무리 4성 카오스 보스급 몬스터들 중에서 가장 강력한 배드울프라고 해도 라그나의 상대가 되지 않으리라는 것을.

파이런의 형이자, 선발대 총사령관인 파일런이 아니면 상대할 수 없다는 사실을 본능적으로 깨달은 것이다.

'설마 이 차원계에 저렇게 강력한 힘을 가진 존재가 있을 줄이야. 저놈이 가장 큰 위협이 될 줄 알았는데⋯⋯.'

파이런은 눈앞에 있는 나이젤을 노려봤다.

라그나를 만나기 전까지만 해도 파이런은 나이젤이 자신들의 계획에 큰 차질을 줄 위험인물이라고 여겼다.

어쩌면 차원 관리국에서 손을 쓴 게 아닐까 의심했던 것이다.

그런데 역시 아니었다.

나이젤보다 훨씬 더 강한 힘을 가진 존재가 나타났으니까.

하지만.

"네놈은 반드시 내가 죽이겠다."

파이런은 나이젤을 죽일 듯이 노려봤다. 그러나 지금 파이런이 할 수 있는 건 단지 그뿐이었다.

기철한 척 쓰러져 있는 동안, 나이젤에게 받은 대미지를 회복하면서 튈 준비를 마쳐두었던 것이다.

당연히 나이젤도 파이런의 이상한 낌새를 느꼈다.

입으로 도발하는 것과는 다르게 파이런은 몸을 빼려 했으니까.

"말이랑 다르게 몸은 솔직한 거 아니야?"

"닥쳐라!"

나이젤의 도발에 파이런은 얼굴을 일그러뜨리며 소리쳤다. 그러면서 슬슬 몸을 뒤로 빼기 시작했다.

'역시 바보는 아닌가 보네.'

그 모습을 본 나이젤은 혀를 찼다.

지금 파이런은 자존심이 갈기갈기 찢겨서 너덜너덜해진 상태였다.

그럼에도 감정적으로 나이젤에게 달려들지 않고 도망치려 하고 있었다.

이대로 싸워봐야 승산이 없다고 판단한 것이다.

라그나가 배드울프를 쓰러뜨리고 돌아오는 순간 파이런은 끝장.

그러니 최대한 빨리 도망치는 게 파이런에게 있어서는 최선이었다.

그렇기에 나이젤은 파이런이 위험하다고 생각했다.

적어도 낄 때 끼고, 빠질 때 빠질 줄 안다는 소리였으니까.

그 말은 즉 파이런이 상황 판단이나 두뇌 회전이 좋으며 굉장히 냉정하다는 사실을 의미했다.

그러나.

"이번에도 내가 놓칠 줄 알고?"

나이젤은 어둠 속으로 몸을 뒤로 빼고 있는 파이런을 향해 지면을 박찼다.

무상신법(無上迅法).

보법(步法), 질풍신보(疾風迅步)!

슈아아아악!

어두운 산속을 가르는 한 줄기 질풍처럼 나이젤이 파이런을 향해 달려들었다.

아직 브로드 일행들이 정신을 차리지 못하고 쓰러져 있는 상태였기는 하지만, 지금은 파이런을 잡는 게 먼저라고 생각했다.

그리고 브로드가 정신을 차리고 일어나 있는 상황이기도 했고, 조만간 다니엘을 비롯한 크림슨 용병단 단원들도 도착할 테니 말이다.

"네깟 인간 놈이 감히!"

파이런은 자신을 잡겠다고 단신으로 쫓아오는 나이젤을 보고 분개했다.

비록 나아젤에게 한 번 패하긴 했었지만, 그때는 자신이 방심했다고 철석같이 믿고 있었으니까.

"죽어라!"

파이런은 자신을 쫓고 있는 나이젤을 향해 손을 내밀었다.

즈즈즈증!

눈 깜짝할 사이에 나이젤을 향해 활짝 펼쳐져 있는 파이런의 손바닥에서 고밀도의 검은 구체가 생성되었다.

"다크 레이."

번쩍!

슈아아아아아아악!

이윽고 직경 2미터의 칠흑의 마력포가 광선처럼 나이젤을 향해 날아들었다.

다크 섀도우 스킬, 그림자 이동술.

스팟!

순간 나이젤의 모습이 사라졌다.

"뭣?"

다크 레이가 덮치기 직전에 나이젤이 사라지자 파이런은 놀란 눈으로 주변을 살폈다.

하지만 어디에도 나이젤의 기척은 느껴지지 않았다.

"하! 도망친 거냐?"

나이젤의 기척이 사라지자 파이런은 코웃음을 쳤다.

역시 자신을 놓치지 않겠다고 한 건 허세였다고 생각한 것이다.

"또 속냐?"

"어?"

바로 등 뒤에서 나이젤의 목소리가 들려오기 전까지는.

파이런의 그림자 속에서 나이젤이 뛰쳐나왔다.

"이 자식이!"

그제야 파이런은 이해했다.

가장 처음 어떤 식으로 자신이 나이젤에게 기습 공격을 받았는지 말이다.

'그림자 속에서 튀어나왔다고?'

얼굴을 일그러뜨린 파이런은 재빨리 방어 마법을 발동했다.

3클래스 흑마법, 다크 실드.

"늦어."

검은 마기가 모여들고 있는 파이런의 등에 나이젤은 오른손을 내질렀다.

무상투법(無上鬪法).

일식(一式), 파쇄붕권(破碎崩拳).

쾅! 콰드득!

"크허어억!"

나이젤의 건틀렛이 파이런의 등허리를 깊게 파고들어 갔다.

그 때문에 척추에 금이 가면서 파이런은 수 미터를 나가떨어졌다. 두 번이나 똑같은 방법에 당한 것이다.

그리고 이번 일격으로 파이런은 깨달았다.

'이 자식, 전보다 더 강해졌잖아?'

노팅힐 영지에서 처음 만났을 때보다 나이젤은 공격의 위력이 올라가 있었다.

실제로도 그러했다.

파이런과 처음 만났을 때보다 나이젤의 무력은 조금 더 올라 있었고, 무공 스킬 또한 그 당시에는 이제 막 숙련도가 C급인 상황이었다.

하지만 지금은 숙련도가 올라서 B급이 된 상황.

당연히 모든 면에서 스킬의 위력이 올라 있을 수밖에 없었다.

"이 빌어먹을 버러지가!"

파이런은 흉신 악살 같은 얼굴로 나이젤을 죽일 듯이 노려봤다.

'반드시 죽인다!'

파이런은 자존심이 하늘을 찌를 정도로 높은 오만한 성격의 마족이었다.

실제로 그럴 만한 능력도 지니고 있었다.

그렇기에 본래라면 버러지 같은 존재들에게서 등을 돌리는 짓은 하지 않았다.

하지만 이 세계에 와서 두 번, 무려 두 번이나 등을 돌렸다.

첫 번째는 나이젤에게 치명적인 부상을 입었을 때고, 두 번째는 불과 방금 전이었다.

하늘을 찌르는 자존심을 잠시 내려놓고 도망을 친 것이다.

그만큼 라그나의 존재가 큰 압박감으로 다가왔으니까.

그런데 그것도 모르는 버러지 같은 놈이 자신을 잡겠다고 끝까지 따라붙고 있지 않은가?

'조금 강해졌다고 감히 내 몸에 손을 대?'

그냥 가줘서 고맙다고 땅에 대가리를 박아도 모자를 판에 감히 자신을 잡겠다고 쫓아오다니?

"네놈만큼은 여기서 죽이고 가주마!"

두 번이나 나이젤에게 처맞은 파이런은 결국 인내심이 폭발하고 말았다.

지난번 노팅힐 영지에서는 방심해서 당했을 뿐이고, 눈앞에 있는 버러지 놈이 조금 강해졌다고 해도 전력을 다한다면 처죽일 수 있었다.

"힘의 차이를 가르쳐 주지!"

파이런은 나이젤을 죽일 듯이 노려보며 팔을 휘둘렀다.

그러자 그의 주위에 검은 마기로 이루어진 어둠의 화살들이 모습을 드러내는 게 아닌가?

"죽어라!"

슈아아아악!

이윽고 어마어마한 숫자의 다크 애로우들이 나이젤을 향해 날아들었다.

"겨우 이걸로 날 막겠다고?"

나이젤은 파이런을 향해 돌진하며 입꼬리를 치켜올렸다. 비록 숫자는 많았지만, 결코 위력은 강하지 않았다.

그리고 파이런은 나이젤 때문에 감정적이긴 했지만 냉정을 잃지 않았다.

나이젤을 향해 공격을 하면서도 몸은 뒤로 빼고 있었으니까.

즉, 최대한 배드울프와 라그나가 싸우고 있는 장소에서 멀어지고 있었던 것이다.

그것도 나이젤을 데리고서.

"까망아! 그림자 조작!"

나이젤은 자신을 향해 비처럼 쏟아지는 다크 애로우들을 바라보며 소리쳤다.

크아아앙!

그러자 나이젤의 그림자 속에서 까망이가 튀어나오며 고유 스킬, 그림자 조작을 발동했다.

다크 섀도우 스킬, 그림자 방어술.

And.

나이트 울프 까망이, 그림자 조작!

팟! 파바밧! 파바밧!

나이젤 주위로 그림자로 된 방패가 나타났다가 사라졌다.

마치 작은 원형 게이트가 나타났다가 사라지는 것처럼 말이다.

'좋아, 잘되네.'

나이젤의 주위에 나타났다가 사라지는 방패들은 섀도우 울프 킹의 그림자 방어술이었다.

그리고 거기에 나이젤은 까망이의 고유 스킬, 그림자 조작까지 사용했다.

즉, 지금 그림자 방어술의 방패들을 조작하고 있는 건 까망이였다.

그 결과 단순히 그림자로 이루어진 좀 큰 방패를 소환해서 적의 공격을 막을 뿐인, 그림자 방어술이 한 단계 진화했다.

마치 자동 요격을 하는 것처럼 크기가 작은 방패들이 공중에 빠르게 나타나 다크 애로우들을 막아낸 것이다.

"그럼 이것도 막을 수 있으면 막아봐라."

하지만 파이런도 알고 있었다.

다크 애로우들로는 나이젤을 막을 수 없다는 사실을.

다크 애로우는 단지 견제에 지나지 않았다.

그리고 지금 파이런의 머리 위에는 어마어마한 크기의 검은 구체가 떠올라 있었다.

"먼지가 되어 사라져라."

5클래스 흑마법, 다크 블래스터.

다크 레이의 강화판이라고 할 수 있는 암흑 공격 마법.

번쩍! 슈아아아아아악!

이윽고 다크 레이와는 비교도 되지 않는 출력의 마력포가 어둠 속에서 나이젤을 향해 쇄도했다.

콰콰콰콰콰!

나이젤을 향해 광선처럼 쏘아지고 있는 다크 블래스터에서 충격파가 터져 나왔다.

그 때문에 지면이 갈라지고, 거대한 나무들이 뿌리째 뽑혀 날아갔다.

그야말로 어마어마한 위력!

다크 애로우들로 나이젤의 발을 묶고 있었기에 다크 블래스터를 피할 여력은 없을 터였다.

"이걸로 죽어라!"

파이런은 승리를 확신하며 광소를 터뜨렸다.

그리고.

콰콰콰콰콰쾅!

직경 3미터의 광선 같은 다크 블래스터가 나이젤을 집어삼키고 뒤에 있는 산에 착탄하면서 어마어마한 폭발이 일어났다.

아무리 나이젤이라고 해도 이 정도 규모의 공격을 직격으로 받았으니 무사하지는 못할 터였다.

"끝났군. 지금까지 이걸 직격당하고 살아남은 자는 없었지."

파이런은 만족스러운 미소를 지었다.

다크 블래스터의 여파로 주변은 초토화가 되다시피 했으며, 어둠 속에서 흙먼지와 연기가 자욱하게 피어오른 탓에 시야 확보가 힘들었다.

하지만 파이런은 확신했다.

나이젤이 죽었다고 말이다.

"최대한 고통스럽게 찢어 죽이고 싶었는데……."

상황이 여의치 않았다.

가능한 빨리 나이젤을 처리하고 이 자리를 벗어나야 했으니까.

파이런은 미련 없이 몸을 돌렸다.

최대한 빨리 본대로 귀환해서 침공 선발대의 총사령관이자 형

인 파일런에게 라그나 같은 위험인물이 있다고 정보를 알려야
했다.

그렇게 다시 몸을 움직이려는 찰나,

"어딜 갈 생각이지?"

"어?"

파이런은 자신의 바로 등 뒤에서 들려오는 싸늘한 목소리에
강렬한 데자뷔를 느꼈다.

완전히 마음을 놓고 방심을 한 상황에서 들려온 목소리.

파이런은 경악한 표정으로 뒤를 돌아봤다.

그리고 두 눈을 부릅떴다.

"네, 네놈!"

파이런은 믿을 수 없었다.

자신의 등 뒤에 2미터가 넘어 보이는 전신 갑주를 착용하고
있는 인물이 있었기 때문이다.

마도 전투 장갑복, 헤카톤케일.

섀도우 루프스 렉스.

늑대를 형상화한 현대적인 감성으로 디자인된 세련된 칠흑의
갑주.

다크 블래스터가 직격하기 전에 나이젤은 루프스 렉스를 아공
간 보관고에서 소환 후 장착한 것이다.

"등짝 좀 보자."

무상투법(無上鬪法).

삼식(三式),

공파(攻破) 철산고(鐵山靠)!

나이젤은 진각을 밟으며 파이런의 등을 향해 팔꿈치를 내뻗었다.

픽!

루프스 렉스의 오른 팔꿈치가 파이런의 등을 파고들었다.

콰앙!

이어서 오른쪽 어깨가 파이런의 등을 강타했다.

"크허어어어억!"

지금까지 경험해 보지 못한 어마어마한 고통을 느끼며 파이런은 비명을 내질렀다.

하지만 나이젤의 연속기는 이제 시작되었을 뿐이었다.

나이젤의 철산고에 후려쳐진 파이런은 뒤로 날아가며 몸이 떠올라 있는 상태였다.

거기에 나이젤은 재차 달려들면서 왼손으로 파이런의 등을 힘 조절을 하며 내려쳤다.

쾅! 텅!

또다시 등을 얻어맞은 파일런은 지면에 내동댕이쳐지는가 싶더니 다시 튕겨져 올라왔다.

딱 나이젤의 시야 높이로 적당하게 말이다.

나이젤은 다시 지면을 향해 떨어지기 시작하는 파이런을 향해 오른쪽 건틀렛을 내뻗었다.

무상투법(無上鬪法).

일식(一式), 파쇄붕권(破碎崩拳)!

콰아아아앙!

"커헉!"

루프스 렉스를 착용한 나이젤의 일격은 무거웠다.

거기에 파쇄붕권은 상대에게 일점 집중의 타격을 가하는 기술.

명치에 파쇄붕권이 정통으로 들어간 파이런은 비명도 지르지 못하고 입에서 피를 토하며 튕겨져 날아갔다.

그리고 튕겨져 날아가는 파이런을 바라보며 나이젤은 지면을 박찼다.

콰!

육중한 꿍음과 함께 지면에 크레이터가 생기며 나이젤의 신형이 전방으로 쏜살같이 쏘아져 나갔다.

그리고 눈 깜짝할 사이에 튕겨져 날아가고 있던 파이런을 따라잡은 나이젤은 몸을 회전시키며 발뒤꿈치를 아래로 내려쳤다.

무상투법(無上鬪法).

이식(二式), 무상선풍퇴(無上風腿)!

콰아아아아앙!

그 무거운 일격에 파이런은 비명조차 지르지 못하고 지면에 내려 꽂혔다.

이번에는 나이젤이 전력을 다해 내려쳤기에 지면에서 튕겨 올라오지 못하고 크레이터를 만들며 땅속에 박혀 들어갔다.

"끝이다."

그리고 거기에 나이젤은 양 손바닥을 활짝 펼치며 파이런의 등을 향해 떨어져 내렸다.

무상투법(無上鬪法).

사식(四式), 나선폭렬파(螺旋爆裂波)!

쿠콰콰콰콰콰쾅!

잠시 후, 나이젤과 파이런을 중심으로 어마어마한 충격파와 함께 폭발이 일어났다.

*   *   *

전투는 끝났다.

비록 파이런이 강한 힘을 가진 중급 마족이긴 했지만, 헤카톤케일을 전개한 나이젤을 당해낼 수 없었다.

특히 다크 블래스터로 나이젤을 죽였다고 생각한 시점에서 승패는 결정 났다. 나이젤이 죽었다고 생각한 파이런은 긴장을 풀고 방심했으니까.

그 결과 세 번이나 똑같은 수에 걸려들었다.

더욱이 세 번째는 나이젤도 인정사정 봐주지 않았다.

파이런의 다크 블래스터에 대항하기 위해 섀도우 루프스 렉스를 꺼내 들었으니까.

결국 파이런은 나이젤에게 패하고 말았다. 그 후 나이젤은 다른 일행들과 합류했다.

그리고 나이젤이 파이런을 쫓아갔을 때, 이미 크림슨 용병단원들은 브로드 일행이 있는 곳에 도착해 있었다.

그 사실을 알고 있었기에 나이젤은 배드울프가 데리고 온 늑대 형태의 카오스 몬스터들이 남아 있어도 파이런을 쫓아간 것이다.

뒤늦게 도착한 용병단원들은 주위에 남아 있던 카오스 울프들을 처리했다.

'일단 급한 불은 껐나?'

나이젤이 브로드 일행과 다니엘을 비롯한 용병단원들과 합류 후, 라그나도 돌아왔다.

배드울프 상대로 놀다 왔는지 나이젤보다 조금 늦었다.

어쨌든 나이젤은 당초 목적대로 브로드 일행을 구해냈고, 위협이라고 할 수 있는 배드울프와 파이런을 제압을 완료했다.

그런데,

'왜 미션이 완료되었다고 뜨질 않는 거지?'

보통 같았으면, 안전이 확보된 현재 시점에서 서브 미션 브로드 일행의 구출이 완료되었다고 떴을 것이다.

하지만 아직 뜨지 않았다.

'영지까지 안전하게 돌아갔을 때 완료되나 보군.'

아무래도 나이젤의 생각대로 영지까지 돌아가야 서브 미션이 완료될 모양이었다.

"그래서 이놈은 어떻게 할 거냐?"

그때 라그나가 나이젤을 바라보며 입을 열었다.

그 말에 나이젤은 시선을 아래로 내렸다.

그곳에 만신창이로 인사불성이 된 채 쓰러져 있는 파이런이 있었다.

파이런은 위험한 존재였다.

이 자리에서 처리를 하든가, 아니면 영지로 돌아가서 정보를 캐내든가.

잠시 생각을 정리한 나이젤은 천천히 입을 열기 시작했다.

"그놈은……."

"살려서 돌아가야지."

나이젤은 파이런을 죽일 생각이 없었다. 가능하면 살려서 데려갈 생각이었던 것이다.

중급 마족인 파이런이라면 혼돈의 군세에 대해 알고 있는 사실들이 많이 있을 테니까.

그래서 파이런과 싸울 때도 되도록 아다만트를 쓰지 않고 두들겨 팼다.

오히려 그 편이 전력을 다해서 상대하는 데 부담이 없었다.

만약 검을 사용했다면 죽지 않도록 힘 조절을 해야 했기에 오히려 상대하기 힘들었을 수도 있었다.

"그럼 이제 어쩔 거냐?"

"흠."

라그나의 말에 나이젤은 생각에 잠겼다.

이미 브로드로부터 멀지 않은 곳에 카오스 몬스터들이 진을 치고 있다는 이야기를 들었다.

분명 노팅힐 영지를 노리려고 하는 것이리라.

'어떡하면 좋을까?'

브로드에게 들은 이야기대로라면 규모 자체는 그런트 선발대보다 작았다.

대략 절반인 1천 마리 정도.

다만 질적인 측면에서는 확연히 달랐다. 그런트 선발대는 거의 대부분이 1~2성급 잡몹들이었지만, 지금 모여 있는 1천 마리들은 못해도 최소 3성급이었으니까.

즉, 무력 40대인 마수들이 우글거리고 있다는 소리였다.

'무력이 40대인 마수들이 1천이라.'

거기에 4성급이나 5성급 중, 대형급 일반 몬스터들도 섞여 있을 터.

'이건 좀 위험하겠는데.'

현재 기간테스 산맥에 모여 있는 카오스 몬스터들만으로도 노팅힐 성채 도시에 상당한 피해를 입힐 수 있었다.

더 큰 문제는 아직 카오스 마족들의 준비가 끝나지 않았다는 사실이었다.

최종적으로는 지금보다 규모가 좀 더 커져 있을 가능성이 높았다.

'칠까?'

나이젤은 주위를 둘러봤다.

브로드 일행을 시작으로 다니엘과 크림슨 용병단원들이 자신을 바라보고 있었다.

브로드 일행들을 제외하면 그런트 선발대를 쳤을 때와 비슷한 멤버였다.

단지 지금은 아리아와 카테리나가 없을 뿐.

거기에 지쳐 있기는 하나 브로드 일행까지 있다.

그리고 솔직히 나이젤은 지금 같은 상황이 되지 않을까 예상도 했었다.

그렇다면 남은 건, 하나였다.

"한 번 더 날뛰어보고 싶은 사람 있나?"

"당연하지!"

"그렇지! 그래야 우리 막내지!"

나이젤의 말에 몇 되지 않는 크림슨 단원들은 환호했다.

그들은 나이젤의 선택을 기다렸다.

자신들의 고용주가 나이젤이라는 사실을 잊지 않고 있었으니까.

다만, 여전히 막내 취급을 하고 있었지만 말이다.

"그럼 구체적으로 뭘 할지는 정찰을 하고 나서……."

순간 나이젤의 얼굴이 굳었다.

그건 라그나나 다른 사람들도 마찬가지였다.

"버러지 같은 하등 생물 놈들이……."

머리 위 3미터 정도 되는 높이에서 어느 한 인물이 공중에 떠 있었다.

파이런과 마찬가지로 산양 같은 검은 뿔과 까만 날개를 가진 인물.

그리고 허리까지 내려오는 은빛 머리카락이 바람에 나부끼고, 차가운 한기가 느껴지는 붉은 눈이 어둠 속에서 섬뜩하게 빛나며 이쪽을 내려다보고 있었다.

"혀, 형님?"

머리 위에서 들려온 목소리에 정신을 차렸는지 파이런이 고개를 치켜들고 중얼거렸다.

지금 나이젤 일행들 앞에 나타난 인물은 다름 아닌 상급 마족, 파일런이었다.

"다크 불릿."

파일런은 가볍게 손을 휘둘렀다.

그러자 파일런 주위에 불길한 마력으로 이루어진 검은 마탄들이 무수히 생겨나는 게 아닌가?

슈파바바밧!

이윽고 검은 마탄들은 나이젤 일행들이 있는 곳으로 날아들었다.

"피, 피해!"

갑작스러운 공격에 일행들은 재빨리 몸을 움직이며 검은 마탄들을 피하거나 혹은 막아냈다.

마탄들의 숫자가 많긴 했지만 생각보다 위력이 강하진 않았으니까.

'역시 견제였나?'

일행들이 마탄에 정신을 뺏기고 있는 사이 파일런이 파이런을 구하려고 하는 모습이 나이젤의 눈에 보였다.

'그렇게는 안 되지!'

나이젤은 재빨리 질풍신보를 전개하며 날카로운 바람처럼 빠르게 파일런을 향해 달려들었다.

쿵!

그리고 강하게 진각을 밟으며 전신의 회전력을 오른손에 담아 내뻗었다.

무상투법(無上鬪法).

일식(一式), 파쇄붕권(破碎崩拳)!

"감히 하찮은 버러지가!"

그 모습을 본 파일런은 얼굴을 일그러뜨리며 손을 앞으로 내밀었다.

스팟!

그와 동시에 파일런 앞에 검은 마력 장벽이 생성되었다.

4클래스 암흑 방어 마법, 다크 배리어였다.

콰앙!

이윽고 파쇄붕권과 다크 배리어가 충돌하면서 굉음이 터져 나왔다.

콰가가가각!

검은 불꽃이 사방으로 튀면서 나이젤의 건틀렛이 다크 배리어를 뚫기 위해 조금씩 파고들어 갔다.

"어리석은 놈, 겨우 그 정도로 내 장벽을 뚫을 수 있을 것 같으냐?"

바로 눈앞에서 나이젤의 건틀렛이 마력 장벽을 뚫기 위해 조금씩 들어왔지만 오히려 파일런은 나이젤을 비웃으며 공격 마법을 준비했다.

스스슥.

파일런의 양옆에서 생성되기 시작하는 칠흑의 마력으로 이루어진 장창들.

파이런이 나이젤에게 사용한 적이 있었던 3클래스 공격 마법 다크니스 스피어였다.

투확!

눈 깜짝할 사이에 다크니스 스피어 2개가 동시에 나이젤을 향해 날아들기 시작했다.

파일런이 다크니스 스피어들을 생성하고 공격하기까지 고작해야 2초도 걸리지 않았다.

거의 기습에 가까운 공격.

거기다 지금 나이젤은 다크 배리어를 뚫기 위해 안간힘을 쓰고 있는 중이었다.

갑작스럽게 날아드는 다크니스 스피어 2개를 막기에는 벅찬 상황.

"까망아!"

크아아아앙!

하지만 나이젤에게는 귀여운 까망이가 있었다.

[당신의 소환수 나이트 울프, 까망이가 액티브 스킬 섀도우 배리어를 사용합니다.]

눈앞에 시스템 메시지가 떠오르면서 나이젤을 중심으로 검은 방어막이 형성됐다.

콰가가가각!

이윽고 다크니스 스피어들과 섀도우 배리어가 맞부딪쳤다.

끼아아아앙!

역시 중급 마족인 파이런보다 상급 마족인 파일런이 시전한 다크니스 스피어의 위력이 강했다.

그 때문에 까망이는 귀엽게 기합을 내지르며 다크니스 스피어를 막기 위해 안간힘을 썼다.

"조금만 더 힘내, 까망아!"

나이젤은 까망이를 격려하며 건틀렛에 힘을 더 줬다.

파일런이 다크니스 스피어를 던진 덕분인지 다크 배리어가 약해져 있었기 때문이다.

나이젤이 다크 배리어를 먼저 부술지 아니면 까망이의 섀도우 배리어가 먼저 뚫릴지의 승부였다.

끼잉.

순간 힘이 다했는지 까망이가 기운 없는 울음소리를 냈다.

그리고.

콰드드득!

까망이의 섀도우 배리어가 뚫렸다.

콰창!

그와 동시에 파일런의 다크 배리어도 깨져 나갔다.

하지만 나이젤을 향해 날아드는 다크니스 스피어 2개는 여전히 건재한 상황.

다크니스 스피어가 나이젤에게 닿기까지 불과 2초도 남지 않았다.

'2초면 충분하지!'

[임팩트 출력 50% 한정 기동 승인.]

순식간에 일반 임팩트 출력 50%를 전개한 나이젤은 엑스트라 어빌리티를 발동시켰다.

엑스트라 어빌리티(Extra Ability),

스매쉬 임팩트(Smash Impact)!

콰아아아아앙!

진동파가 맥동 치듯 흘러나오는 양 건틀렛이 서로 맞부딪치면서 어마어마한 충격파가 전방을 향해 폭발하듯 터져 나왔다.

그 때문에 나이젤을 향해 날아들던 다크니스 스피어들은 힘을 잃고 충격파에 휩쓸려 튕겨 날아갔다.

"크윽!"

그뿐만이 아니라 바로 눈앞에서 스매쉬 임팩트에 휘말린 파일런은 신음을 터뜨리며 무릎을 꿇은 채 버티고 있는 중이었다.

"버러지 같은 벌레 놈이."

파일런은 혐오스러운 눈으로 나이젤을 죽일 듯이 노려봤다.

마족들에게 인간이란 존재 가치도 없는 쓰레기였다.

그런 인간에게 동생인 파이런이 상처를 입은 채 붙잡혀 있었고, 본인 또한 한쪽 무릎을 꿇고 있었다.

파일런 입장에서는 굉장히 모욕적인 일이 아닐 수 없었다.

"반으로 갈라 죽여주마."

파일런은 자리에서 일어나며 마법을 하나 시전했다.

7클래스 암흑 공격 마법,

카오스 다크 블레이드.

나이젤의 머리 위에 검붉은 마력으로 이루어진 3미터 길이의 거대한 대검이 모습을 드러냈다.

파일런이 즐겨 사용하는 고위급 공격 마법이다.

"이건?"

놀란 표정으로 파일런이 시전한 마법을 올려다본 나이젤은 눈살을 찌푸렸다.

'역시 이놈이 브로드가 말한 위험한 존재인가?'

다크 불릿을 시전한 후, 파이런을 구하기 위해 다가가는 파일런의 모습을 보고 나이젤은 바로 달려들었었다.

어떻게든 파일런을 막아야 된다는 생각밖에 없었으니까.

그리고 지금 파일런의 시스템 정보를 확인한 나이젤은 눈살을 찌푸렸다.

파일런의 법력은 믿을 수 없게도 94.

검사로 치면 마스터의 경지에 해당한다. 정확하게는 마스터 중급에서 상급 사이다.

그리고 마법사의 경지로 보면 7클래스 마스터에 해당했다.

'단순하게 수치로 보자면 그렇지만…….'

마법사는 사실 개인전보다 다수를 상대하는 데 특화되어 있었다.

광역 마법을 사용할 수 있으니까.

하지만 5클래스 이상부터라면 개인전에서도 결코 밀리지 않으며 7클래스라면 결코 무시할 수 없었다.

비슷한 급이라면 상대가 검사나 무사 같은 근접전에 좋은 직업이라고 해도 막상막하로 싸울 수 있었다.

하물며 상대는 인간보다 신체 능력이 월등히 좋은 마족이지 않은가?

그런 괴물이 지금 나이젤의 눈앞에 있는 것이다.

"죽어라."

이윽고 나이젤을 향해 거대한 카오스 다크 블레이드가 떨어져 내리기 시작했다.

카오스 다크 블레이드는 암흑 마법 중에서도 대인 전문 공격 마법.

어지간한 방법으로는 막을 수 없는 강대한 일격이었다.

그 때문에 지금의 나이젤로서는 막을 수 없었다.

거기다 엑스트라 어빌리티를 쓴 직후라 몸을 급하게 움직일 수 없는 상황.

하지만 나이젤은 당황하지 않았다.

"우리 막내를 괴롭히는 놈은 누구냐!"

우렁찬 외침과 함께 누군가가 바람처럼 나이젤 앞에 섰다.

콰아아아앙!

그리고 나이젤을 향해 떨어져 내리던 카오스 다크 블레이드를 거대한 할버드로 후려쳐 날려 버렸다.

"뭐?"

그 모습에 파일런은 놀란 표정을 지었다.

카오스 다크 블레이드는 파일런이 결코 적지 않은 마력을 쏟아부어서 시전한 마법이었다.

그만큼 나이젤이 짜증 났기 때문에 진심으로 공격을 했던 것이다.

그런데 지금 그 공격이 어이없게 튕겨 날아갔다.

지금처럼 카오스 다크 블레이드를 시원하게 날려 버린 존재는 파일런의 기억 속에서도 손에 꼽을 정도였다.

"이 건방진 버러지가!"

자존심이 상한 파일런의 얼굴이 흉신 악살처럼 일그러졌다.

그는 재빨리 팔을 휘두르며 새로운 마법을 전개했다.

7클래스 암흑 공격 마법,

카오스 다크 랜스.

파일런의 머리 위에 길이만 무려 5미터에 달하는 긴 장창 세 개가 생성되어 나타났다.

"꿰뚫어주마!"

스팟! 슈아아아악!

이윽고 불길한 검은빛을 흘리고 있는 카오스 다크 랜스들이 시간 차를 두고 라그나를 향해 날아들었다.

날카롭게 공기를 가르며 쇄도하는 어둠의 마창들.

"재미있군!"

그것을 본 라그나는 광소를 터뜨리며 할버드, 미스틸테인을 치켜들었다.

로드브로크식 창술.

그라운드 라이즈(Ground Rise).

쿠웅!

이윽고 미스틸테인이 지면에 격돌하면서 어마어마한 폭발이 전방으로 일어났다.

지면이 뒤집어엎어지면서 라그나의 앞에 대지의 벽이 세워졌다.

그 직후.

콰아아아앙!

카오스 다크 랜스와 라그나가 세운 대지의 벽이 충돌했다.

Chapter

2

라그나와 파일런이 서로 맞붙고 있는 사이, 나이젤은 뒤로 물러났다.

그들의 싸움은 그야말로 괴수들의 혈전이나 다름없었으니까.

그들이 맞붙을 때마다 굉음과 함께 폭발이 터져 나오고, 주변 일대가 초토화되면서 지형이 변했다.

싸움의 여파로 크레이터가 생기면서 기간테스 산맥 곳곳에 공터가 생겨나고 있으니 말이다.

'문제는 그뿐만이 아니지.'

크르르.

사방에서 카오스 몬스터들의 기척이 느껴졌다.

파일런은 혼자 오지 않았다.

대규모 카오스 몬스터 무리들도 함께 이끌고 온 것이다.

대부분 3성 카오스 등급 무리였으며, 늑대 형태가 있는가 하면 사자 형태의 육식형도 보였다.

그뿐만이 아니다.

쉬쉬쉭!

3성 카오스 일반 몬스터,

블랙 위도우.

몸길이가 3미터에 달하는 섬뜩한 형체의 거미처럼 생긴 몬스터도 있었다.

나이젤을 중심으로 다니엘과 크림슨 용병단 주위에 모여 있는 카오스 몬스터들만 수백 마리가 넘었다.

거기다.

"어머? 귀여운 남자가 있네?"

나이젤의 머리 위 나뭇가지에 서 있는 여성이 한 명 있었다.

허리까지 내려오는 비단결 같은 검은 머리카락과 검은 눈을 가졌으며, 검은색 가죽옷으로 전신을 감싸고 있는 아름다운 미모의 여성.

4성 카오스 보스,

중급 마족, 아라크네.

"마족이 또 있다고?"

나이젤은 쓴웃음을 지었다.

파일런뿐만이 아니라 다른 마족이 더 있었을 줄이야.

그리고 파일런이나 파이런과 다르게 무투파인 모양이었다.

무력이 85였으니까.

무력 수치만 보자면 파이런보다 강하다고 볼 수 있었다.

"누나하고 놀아볼래?"

순간 아라크네가 나이젤을 향해 떨어져 내렸다.

무기는 없다.

단지, 검은색 가죽 장갑을 끼고 있을 뿐.

하지만 그녀는 나이젤을 향해 떨어져 내리며 주먹을 내려쳤다.

그에 맞서 나이젤도 건틀렛을 교차하며 방어 자세를 취했다.

콰앙!

"큭!"

팔 위에서 전해지는 묵직한 충격에 나이젤은 짧게 신음을 터뜨렸다.

그리고 나이젤이 발을 딛고 있는 지면이 충격을 이기지 못하고 움푹 파이며 크레이터까지 생겨났다.

또한, 본래라면 까망이의 방어 스킬로 막았겠지만 마음에 걸리는 부분이 있어서 일부러 건틀렛으로 막았다.

쉬익!

아니나 다를까, 양손으로 그녀의 주먹을 막고 있는 나이젤의 어깨를 향해 아라크네의 등에서 무언가가 곡선으로 날아들었다.

까가강!

크아앙!

하지만 까망이의 방어 스킬이 발동하면서 공격을 막아냈다.

나이젤의 머리 위에 섀도우 배리어를 반구 형태로 전개하여 막은 것이다.

"이건……?"

나이젤은 눈살을 찌푸렸다.

그녀의 등에서 갑자기 솟구쳐 오른 건 다름 아닌 거미처럼 생긴 검은색 다리였다.

"이걸 막아? 제법 하네?"

아라크네는 재밌다는 표정을 지었다.

양손을 쓰지 못하는 상태에서 설마 자신의 기습을 막아낼 줄이야.

"그럼 이건 어때?"

슈슉!

이번에는 아라크네의 옆구리 좌우에서 다리 두 개가 튀어나왔다.

까강!

하지만 그것도 막혔다.

다크 섀도우 스킬의 그림자 방어술과 까망이의 그림자 조작으로 방어한 것이다. 파이런의 다크 애로우들을 막아냈던 방어 기술이었다.

"아직 끝이 아니라고?"

아라크네는 나이젤을 바라보며 매혹적인 미소를 지었다.

파앗!

그와 동시에 아라크네의 등 뒤에서 거미처럼 생긴 다리 네 개가 더 튀어나왔다.

수 미터가 넘는 총 여덟 개의 거미 다리들이 나이젤을 향해 날아들기 시작한 것이다.

까가가가강!

아라크네의 거미 다리들은 무시무시한 속도로 나이젤을 공격했다.

하지만 나이젤 또한 호락호락 당하지 않았다. 아다만타이트 건틀렛으로 무장한 양팔을 어지럽게 움직이며 공격을 막아낸 것이다.

하지만 여덟 개나 되는 아라크네의 거미 다리들을 전부 다 막을 수 없었다.

나이젤의 팔은 두 개뿐이었으니까.

그럼에도 나이젤은 아라크네 앞에서 한 걸음도 물러나지 않았다.

키야아아아앙!

나이젤에게는 귀여운 까망이가 있으니 말이다.

나이젤이 미처 막지 못한 아라크네의 공격들은 까망이의 그림자 조작술과 다크 새도우 스킬의 그림자 방어술로 막아냈다.

까가가가강!

강철 같은 아라크네의 거미 다리와 나이젤의 건틀렛이 맞부딪치며 날카로운 쇳소리와 불꽃이 튀었다.

'꽤 강한데.'

아라크네의 강철 거미 다리들의 고속 공격은 결코 무시할 수 없었다.

파이런과 비교해도 전혀 꿀리지 않았다. 아니, 근접전으로만 보자면 더 강하다고 봐야 했다.

나이젤은 아라크네의 공격을 건틀렛으로 막거나 튕겨내며 주위를 빠르게 한 번 둘러봤다.

아우————!

쉬쉬쉿!

사방에서 카오스 몬스터들이 달려들며 다니엘을 비롯한 크림슨 용병단원들을 공격하고 있었다.

아무래도 수백 마리가 넘는 숫자이다 보니 한동안 다니엘이나 단원들의 도움은 받기 힘들어 보였다.

"크하하하하핫!"

거기다 라그나 또한 괴물 같은 파일런을 상대로 한참 즐기고 있는 모양.

'어쩔 수 없지.'

나이젤은 다시 마음을 다잡았다.

브로드 일행을 찾겠다고 마음먹었을 때, 이미 나이젤은 카오스 마족들과 부딪치지 않을까, 예상하고 있었다.

그래서 마도 전투 장갑복, 헤카톤케일의 보유자들만 작전에 투입시킨 것이다.

그리고 결과는 예상대로였다.

브로드로부터 카오스 마족들이 기간테스 산맥에 잠복해 있다는 이야기를 들었고, 놈들을 치기 위해 작전을 짜려고 했다.

그런데 그 전에 카오스 마족들이 먼저 자신들에게 공격을 걸어온 것이다.

하지만.

'놈들은 여기서 전멸시킨다.'

비록 계획은 틀어졌지만, 결과는 달라지지 않는다.

처음부터 나이젤은 카오스 마족들과 한바탕 붙을 생각이었으니까.

그런 상황에서 오히려 고맙게도 놈들이 찾아와 준 것이다.

"섀도우 배리어 전력 전개."

나이젤은 나직한 목소리로 말했다.

크아앙!

그 말에 그림자 방어술로 아라크네의 공격을 막아내던 까망이가 섀도우 배리어로 나이젤의 전신을 감쌌다.

나이젤의 주위로 검은 구체가 생성되며 주변을 차단시켰다.

실제로 아라크네는 검은 구체에 감싸인 나이젤의 모습을 볼 수 없었다.

"쓸데없는 짓을!"

아라크네는 나이젤을 감싸고 있는 칠흑같이 어두운 섀도우 배리어를 거미 다리로 공격했다.

콰가가가강!

끼잉!

아라크네의 속사포 같은 공격에 까망이는 오래 버티지 못했다.

한순간이었지만 섀도우 배리어에 과부하가 걸릴 정도로 아라크네가 공격을 해왔으니까.

까망이가 버틴 시간은 겨우 한 호흡.

하지만 그 시간이면 충분했다.

무상검법(無上劍法).

영식(零式) 개(改),

발검(拔劍) 무명베기(無明斬).

순간 사라져 가는 새도우 배리어 안에서 검은 궤적이 어둠을 가르며 휘둘러져 나왔다

스아아악!

검은 궤적은 아라크네의 강철 같은 거미 다리들을 너무나 손쉽게 베고 지나갔다.

"꺄아아아악!"

갑작스러운 일격에 미처 제대로 대응하지 못한 아라크네는 거미 다리들의 일부를 잘리고 말았다.

"이 망할 하등 생물이!"

다리가 잘려 나가자 아라크네는 표독스러운 얼굴로 나이젤을 노려보며 소리쳤다.

"홍. 이제야 본성이 나오네."

그 말에 나이젤은 피식 웃으며 대꾸했다.

기본적으로 카오스 마족들은 자신들을 제외한 모든 종족을 업신여기는 경향이 있었다.

그건 파이런이나 파일런만 봐도 알 수 있는 사실이었다.

"감히 내 몸에 상처를 내다니!"

아라크네에게서 어마어마한 기세가 흘러나오기 시작했다.

아무래도 저쪽도 본격적으로 싸우려는 모양.

스스스슥.

아라크네의 등 뒤에서부터 검은 마기가 흘러나오며 그녀의 몸을 감싸기 시작했다.

이윽고 검은 마기는 아라크네의 검은 가죽옷 위에서 단단한

외골격 갑주가 되었다.

갑각류 외골격,

키틴질 아머.

얼굴을 제외한 전신이 마치 단단한 키틴질 외골격으로 감싸인 것처럼 아라크네의 몸이 변했다.

키틴질 아머는 아라크네가 가지고 있는 고유 능력 중 하나였다.

그리고 그녀는 카오스 아스로포드 선발대의 지휘관이었다.

아스로포드 선발대는 거미 같은 절지형 카오스 몬스터들로 이루어져 있으며, 전부 키틴질 아머를 지니고 있다.

당연히 아스로포드의 지휘관인 아라크네도 키틴질 아머를 가지고 있으며, 그녀의 경우 이를 갑주처럼 장착해서 사용할 수도 있었다.

또한, 나이젤이 조금 전에 잘라낸 거미 다리들도 그새 완전 재생이 되어 등 뒤에 다시 돋아나 있는 상황.

"널 내 노예로 만들어주마."

아라크네는 붉은 입술을 혀로 핥으며 나이젤을 바라봤다.

제법 실력이 있어 보였기에 가지고 놀면 심심하지는 않을 것 같았으니까.

거기다 감히 자신의 몸에 상처를 낸 놈이었다.

쉽게 죽여서는 성이 풀리지 않는다.

"온갖 굴욕을 맛보여 준 다음 죽여주지."

"글쎄. 과연 누가 노예가 될까?"

나이젤은 피식 웃어 보였다.

그리고 마도 전투 장갑복, 섀도우 루프스 렉스를 전개했다.

철컥철컥!

이윽고 나이젤의 몸 위에 루프스 렉스가 아공간에서 모습을 드러내며 장착되었다.

"쓸데없는 짓을……."

하지만 아라크네는 비웃음을 흘리며 나이젤을 향해 달려들었다.

어차피 상대는 변경 차원의 미개한 하등 생물.

전력을 다하기로 마음먹은 이상 자신의 상대가 되지 않을 테니까.

팟!

순간 아라크네는 이전과는 비교도 안 되는 속도로 나이젤을 향해 돌진했다.

아름다운 겉모습과는 달리 아라크네는 철저한 무투파였다.

그녀는 마족들이 전문적으로 다루는 검은 마기로 신체 능력을 향상시킬 수 있으며 다양한 근접 전투 스킬을 가지고 있었다.

실제로 지금 아라크네의 다리에는 검은 마기가 흘러나오고 있는 중이었다.

그 덕분에 고속 이동이 가능해진 것이다.

지그재그로 빠르게 접근한 아라크네는 그 기세를 살려서 나이젤의 복부를 향해 바디 블로우를 날렸다.

콰앙!

"……!"

아라크네는 놀란 표정으로 눈을 부릅떴다.

끼기긱!

"이걸 막아?"

놀랍게도 나이젤이 왼쪽 손바닥을 펼쳐서 아라크네의 주먹을 명치 바로 앞에서 막고 있었기 때문이다.

아라크네는 놀란 표정을 지었다.

그녀는 키틴질 아머와 마기를 이용해 신체 능력을 대폭 상승시켜 둔 상태였으니까.

같은 중급 마족들 중에서도 그녀의 주먹을 정면에서 받을 수 있는 존재는 몇 되지 않았다.

그런데 이런 하등 생물이 한 손으로 막다니?

"가볍군. 주먹은 이렇게 쓰는 거다."

[퍼스트 어빌리티, 브레이크 임팩트 출력 80% 한정 해제 승인!]

우-우-우-우-웅!

섀도우 루프스 렉스의 양팔에서 충격파가 맥동 치듯 흘러나왔다.

현재 나이젤은 아라크네의 주먹을 왼손으로 붙잡고 있는 상황.

물 흐르듯 자연스럽게 아라크네의 주먹에서 손목으로 옮겨 잡은 후, 그녀를 들어 올렸다가 그대로 지면에 패대기쳤다.

콰앙!

"컥!"

자신의 공격이 막힌 직후, 놀라고 있는 사이에 나이젤이 기습적으로 움직인 거라 아라크네의 반응이 늦었다.

그 결과 지면에 내동댕이쳐졌다가 다시 튀어 올랐다.

나이젤이 그녀의 팔을 붙잡아 올리며 내던졌던 것이다.

그 때문에 뒤로 살짝 밀려나며 허공에 떠오른 아라크네는 혼란 상태에 빠져 정신을 차릴 수 없었다.

그 시간은 고작해야 2~3초 정도.

하지만 나이젤에게는 충분한 시간이었다.

쿵!

지면을 향해 강하게 진각을 밟으며 전진한 나이젤은 허공에서 정신을 차리지 못하고 있는 아라크네의 몸통을 향해 주먹을 내뻗었다.

무상투법(無上鬪法).

일식(一式), 파쇄붕권(破碎崩拳)!

파쇄붕권이 아라크네의 몸통에 꽂히려는 찰나, 나이젤은 주먹을 멈췄다.

그 직후.

콰콰콰콰쾅!

아라크네의 등 뒤를 기점으로 지면에서 어마어마한 폭발이 일어났다.

섀도우 루프스 렉스에서 흘러나오고 있던 충격파가 아라크네의 등 뒤에서 방사형으로 퍼져 나가며 폭발을 일으킨 것이다.

그뿐만이 아니다.

나이젤이 방금 시전한 브레이크 임팩트는 상대의 장비를 파괴

시키는 데 특화되어 있는 충격파를 발산한다.

그리고 그 충격파가 아라크네의 몸 바로 앞에서 터져 나갔다.

그 말은 즉.

쩌저저저적!

아라크네의 키틴질 아머가 박살이 난다는 소리였다.

아라크네를 감싸고 있던 검은 강철 갑주 같은 키틴질 아머에 균열이 가더니 이내 먼지처럼 바스러졌다.

또한, 그녀의 등에 돋아나 있던 강철 거미 다리들도 마찬가지였다.

순식간에 그녀는 가죽옷을 입은 차림새로 돌아왔다.

게다가 아직 끝이 아니다.

"컥!"

아라크네는 신음을 내뱉으며 지면에 털썩 떨어져 내렸다.

아무리 브레이크 임팩트가 장비 파괴 전문이라고 해도 바로 앞에서 충격파를 온몸으로 받은 이상 무사할 리 없었으니까.

"주먹을 쓸 거면 이 정도는 써야지."

나이젤은 몸을 돌렸다.

방금 전 일격으로 아라크네는 전투 불능 상태에 빠지며 기절했다.

아라크네가 신체 능력을 향상시킨 것처럼 나이젤 또한 섀도우 루프스 렉스의 신체 강화 버프를 받았다.

그리고 그 차이는 아라크네의 키틴질 아머와 마기보다 더 뛰어나면 뛰어났지 못하지 않았다.

거기다 신체 능력을 올려주는 육체 강화 스킬도 있지 않은가?

"그럼 나도 가볼까?"

나이젤은 주변을 둘러봤다.

아라크네를 쓰러뜨렸지만, 아직 수많은 카오스 몬스터들이 남아 있었다.

하지만 카오스 몬스터들의 상대는 다름 아닌 크림슨 용병단원들이었다.

그렇다면 카오스 몬스터들이 전멸하는 건 시간문제였다.

'그래, 시간이 문제지.'

기간테스 산맥은 마의 산이다.

애초부터 수많은 몬스터들이 살고 있는 위험한 장소였기에 아크 대륙의 모든 종족들은 오기를 꺼려 한다.

그리고 지금 소란에 이끌려 기간테스 산맥에 살고 있는 일반 몬스터들이 모습을 드러내고 있었다.

시간이 지나면 지날수록 카오스 몬스터들뿐만이 아니라 일반 몬스터들까지 숫자가 늘어날 것이다.

그렇게 된다면 상황이 어떻게 될지 아무도 장담할 수 없었다.

'빠르게 끝낸다.'

나이젤은 다니엘과 크림슨 용병단원들이 싸우고 있는 카오스 몬스터들의 무리를 향해 몸을 날렸다.

*　　　　　*　　　　　*

[축하합니다! 첫 번째 에피소드 미션 라스트 웨이브 혼돈의 마족을 클리어하셨습니다!]

[당신은 혼돈의 군세로부터 노팅힐 영지를 지켜냈습니다. 보상으로 전공 포인트 27,000을 지급합니다.]

'이게 결국 이렇게 되네?'

나이젤은 눈앞에 떠오른 시스템 메시지를 바라보며 쓴웃음을 지었다.

하지만 결과만 놓고 보면 대박이었으며, 어떻게 보면 도박에 성공한 셈이었다.

카오스 마족들이 노팅힐 영지를 직접 노리기 전에 차단했으니까.

'카오스 몬스터들은 전부 다 전멸했고……'

역시 세계 최강 용병단 크림슨 미드나이트들의 단원들.

세계 최강이라는 수식어가 붙는 단체답게 카오스 몬스터들을 몰살시켰다.

더군다나 그들은 전부 헤카톤케일의 소유자들.

헤카톤케일을 소환, 장착한 이후부터는 일방적인 학살이 시작되었다.

물론 장착 전에도 단원들이 우세했지만, 장착 후에는 이전보다 훨씬 더 빠르게 카오스 몬스터들을 학살했다.

'간부급 인물 세 명도 무사히 다 잡았지.'

나이젤은 시선을 아래로 내렸다.

그곳에 카오스 세계에서 침공한 선발대의 총사령관인 상급 마족 파일런과, 그 아래 지휘관급인 중급 마족 파이런, 아라크네가 포박되어 있었다.

그들뿐만이 아니다.

노팅힐 영지 지하 감옥에 감금되어 있는 그런트 부대의 지휘관 4성 카오스 보스, 그라드도 중급 마족이었다.

지금쯤 같이 갇혀 있는 말단 하급 지휘관인 카오스 오크 챔피언, 크랄과 함께 농담 따먹기라도 하고 있을 것이다.

'사실상 이걸로 카오스 놈들은 괴멸이야.'

이 차원에 침공한 정예부대라고 할 수 있는 3성 이상 카오스 몬스터들은 크림슨 단원들에게 전멸했다.

거기다 카오스 몬스터들을 이끌 지휘관들도 전부 생포한 상황.

남은 건, 아크 대륙 전역에 남아 있는 카오스 몬스터 잔당들을 처리하는 것뿐.

"설마 이걸로 끝이라고 생각하는 건 아니겠지?"

그때 입가에 피를 흘리고 있던 파일런이 비웃음을 흘렸다.

"그게 지금 네가 할 말이냐?"

나이젤은 기가 막힌 표정으로 파일런을 바라봤다.

"뿔은 가루가 되도록 까이고, 팔다리도 날아간 놈이."

나이젤의 말대로 파일런의 상태는 처참했다.

왼쪽 뿔은 절반 이상이 쓸려 나갔으며, 왼쪽 팔도 잘려 나가 있었다.

나머지 팔다리도 큰 상처가 나 있는 상황.

일반인이었으면 진작 죽어도 이상하지 않은 상태였다.

하지만 상대는 인간이 아닌 마족이었다. 겨우 이 정도로는 죽지 않는다.

특히 상급 마족인 파일런의 경우, 설령 팔다리가 잘려 나가도 시간이 지나면 재생된다.

그뿐만이 아니라 인간 같은 지성체들을 고문해서 고통, 분노, 절망 같은 부정적인 감정에서 어마어마한 마기를 얻는다.

그리고 그를 통해 더 빨리 몸을 회복시킬 수 있었다.

그렇기에 파일런은 인간이라면 치명상에 가까운 부상을 입고 있었지만, 마법으로 엄중하게 포박되어 있는 상태였다.

"지금 이 차원계에 있는 우리들은 정찰대에 지나지 않는다. 본대가 움직이기 시작하면 네놈들 따위 쓸어버리는 건 일도 아니지. 진정한 공포와 절망이 너희 곁에 함께할 것이다. 쓰레기 같은 버러지들아."

파일런은 여전히 비웃는 표정으로 나이젤 일행들을 바라봤다.

비록 자신은 패배했으나, 카오스 차원계에서 대기하고 있는 본대가 움직이기 시작하면 이야기는 달라진다.

이 차원계의 전력으로는 자신들의 본대를 막는다는 건 불가능에 가까웠으니까.

"흥, 기고만장하구나. 하지만 패배자가 지껄이는 헛소리만큼 들을 가치가 없는 말은 달리 없지. 쓰레기보다 못한 폐기물아."

파일런의 말에 라그나는 비웃으며 응수했다.

"뭐라고?"

이번에는 파일런의 얼굴이 일그러졌다. 하지만 아직 라그나의 말은 끝나지 않았다.

"네놈은 우리들에게 패했다. 그게 중요한 거지, 있는지도 없는

지도 모르는 본대가 무슨 상관이야, 멍청한 놈아."

"……!"

그 말에 파일런은 라그나를 죽일 듯이 노려봤다.

그리고 그 모습을 옆에서 지켜보고 있던 나이젤과 크림슨 용병단원들은 고개를 절레절레 흔들었다.

'라그나 단장에게 멍청하다는 소리를 들을 정도라니…….'

말보다 주먹이 먼저 나가고, 누구보다도 먼저 다짜고짜 돌격하는 라그나에게 멍청하다는 소리를 들을 정도면 볼 장 다 본 셈이다.

"그리고 진짜 본대가 있다고 해도……."

라그나는 잠시 말을 멈추고 파일런을 위아래로 훑어봤다.

그리고 피식 웃으며 입을 열었다.

"별거 없을 거 같은데?"

"이 망할 버러지가!"

순간 파일런의 몸에서 마기가 뿜어져 나왔다.

파지직!

"크으윽!"

하지만 이내 마기는 수그러들었다.

지금 파일런은 마력을 봉인하는 밧줄로 포박되어 있었다.

마력 봉인 결계가 밧줄 같은 형상을 하고 있다고 생각하면 된다.

그리고 조금 전, 파일런을 묶고 있던 마력 봉인 결계가 반발한 것이다.

현재 파일런의 몸 상태로는 마력 봉인 결계의 힘을 이길 수 없었다.

"네놈들은 아무것도 모른다. 네놈들이 가지고 있는 힘이 우리들 앞에서는 얼마나 부질없는 것인지."

"적어도 네놈보다는 강하지."

라그나는 다시 도발을 걸었다.

하지만 마력 봉인 결계의 반발 현상의 충격 덕분인지 파일런은 냉정을 되찾고 있었다.

"나 하나 이겨놓고 기어오르지 마라. 나 같은 건 그분들의 발끝에도 미치지 못한다. 그리고 나 같은 존재라면 수도 없이 많이 있지."

냉정을 되찾은 파일런은 다시 비웃음을 입가에 띠었다.

카오스 차원계의 전력과, 이 세계의 전력은 절망적일 정도로 차이가 컸다.

"하등한 네놈들도 이제 깨닫고 있겠지. 우리가 정찰대라는 사실을."

"그래. 그 정도는 이미 알고 있어."

이번에는 나이젤이 라그나 대신 앞으로 나서며 파일런의 말을 받았다.

파일런에게서 알아내야 할 중요한 정보가 있으니까.

"그리고 네놈들이 다른 세계에서 온 침공대라는 사실도 말이야."

그 말에 파일런을 비롯한 마족들뿐만이 아니라, 다니엘과 크림슨 용병단원들, 그리고 브로드 일행들까지 놀란 표정을 지었다.

"그게 무슨 말인가? 나이젤 백부장."

나이젤의 말에 브로드가 놀란 표정으로 반문했다.

그는 아직 파일런 같은 상급 마족의 존재는 모르고 있었으니까.

"말 그대로입니다. 이자들은 우리 세계 주민이 아닙니다. 다른 차원에서 온 자들이죠."

"다른 차원이라니……."

나이젤의 말에 브로드뿐만이 아니라 다른 일행들도 멍한 표정을 지었다.

다른 차원에서 온 존재들이라니?

"나이젤, 그건 대체 무슨 소리지? 이놈들은 기간테스 산맥 너머에서 온 존재들이 아니라는 건가?"

크림슨 용병단원들 중에서 돌격대장 격인 비요른이 놀란 듯 눈을 크게 뜨며 반문해 왔다.

"맞아."

나이젤은 고개를 끄덕였다.

"이자들은 카오스 차원계에서 넘어온 정찰대야. 너희들도 이상하다고 했었잖아. 최근 나타나고 있는 몬스터들이 뭔가 이상하다고. 그야 그럴 수밖에 없지. 다른 차원에서 넘어온 생명체들이니까."

"그런……."

나이젤의 말에 일행들은 믿기지 않는 표정을 지었다.

그들은 최근 모습을 드러내고 있는 촉수를 가진 몬스터들은 기간테스 산맥 너머에서 온 것이라 생각했다.

실제로 카오스 몬스터들은 기간테스 산맥을 중심으로 출몰하고 있었으니까.

그래서 기간테스 산맥 너머는 생태계 자체가 다르지 않을까, 그렇게 여겼다.

그런데 설마 다른 차원에서 넘어온 존재들이었을 줄이야.

"네놈은 대체 뭐지?"

그때 파일런이 잔뜩 찌푸린 눈으로 나이젤을 노려보며 입을 열었다.

"어떻게 그런 사실들을 알고 있는 거냐?"

"그라드가 말했다."

"거짓말하지 마라!"

"못 믿겠으면 말고."

나이젤은 어깨를 으쓱거렸다.

그라드로부터 정보를 얻은 건 사실이었다. 덕분에 선발대에 대한 기본적인 건 알았으니까.

다만, 그라드는 자신들이 어떤 존재들인지, 그리고 어디에서 온 건지는 말하지 않았다.

카오스 차원계와 연관된 정보들은 무엇 하나 이야기하지 않은 것이다.

하지만 나이젤은 눈앞에 있는 존재들의 정체에 대해 잘 알고 있었다.

다름 아닌, 시스템 정보 덕분에.

그래서 그라드를 생포한 다음 나이젤은 일행들에게 촉수를 가진 몬스터들과 마족들에 대한 대략적인 정보만 이야기해 주었다.

크랄과 그라드에게서 정보를 얻었다고 구라를 친 것이다.

'그래도 카오스 차원에 관해서는 말해줄 수 없었지만.'

현재 나타나고 있는 마족 같은 강대한 존재나, 카오스 몬스터들이 사실 다른 차원에서 온 것이라는 사실은 말하지 않았다.

패닉 상황에 빠질 수도 있고, 애초부터 카오스 차원계는 나이젤에게 있어서도 이레귤러였으니까.

'놈들에 대해 알고 있는 건 사실상 거의 없으니 말이야. 확실하지도 않은데 괜히 정보를 전부 이야기할 필요는 없지.'

트리플 킹덤 게임에서 카오스 차원은 등장하지 않는다.

PK3 버전으로 업데이트가 된 탓인지, 아니면 게임과 달리 현실이 되어서 그런 것인지.

알 수 없었다.

그래서 주변인들에게 카오스 차원에 관해서는 이야기하지 않았다.

위험하다고 판단했으니까.

하지만 지금은 정찰대 총사령관인 상급 마족 파일런을 붙잡은 상황.

이제 카오스 차원에 대해 이야기해 줘도 위험하지 않다고 판단한 것이다.

그때 파일런이 눈살을 찌푸리며 나이젤을 향해 생각지도 못한 뜻밖의 말을 했다.

"역시 네놈인가? 차원 관리국의 관계자는."

'······!'

순간 나이젤은 속으로 흠칫 놀랐다.

파일런의 입에서 차원 관리국이라는 말을 들을 줄은 몰랐으니까.

"차원 관리국? 그건 뭐지?"

하지만 모르는 척 시치미를 뗐다.

신비한 차원 상인 집단 스팀의 테일러에게서 처음으로 차원 관리국에 대한 이야기를 들었다.

여러 차원들을 관리한다는 미지의 집단.

차원 상인 집단인 스팀도 그들에 대해서는 함구할 정도로 조심스러워했다.

'그들에 대해서는 모르는 척하는 게 나아.'

기본적으로 나이젤은 복잡하거나 위험한 일에는 연루되고 싶지 않았다.

당장 이 세계에서 생존하는 것만으로도 골치 아픈 상황이었으니까.

거기에 차원 관리국과 연관되어 있는 일까지 끼어 들어와서 복잡해지는 건 사양하고 싶었다.

그래서 모르는 척했다.

아무래도 카오스 차원의 마족들은 차원 관리국에 대해 알고 있는 모양이었으니까.

"차원 관리국을 모른다고?"

하지만 파일런은 나이젤에게 의심스러운 눈길을 보냈다.

"우리 차원에 대한 걸 알고 있으면서 차원 관리국을 모른다니. 그걸 믿으라는 소린가?"

"그건 그라드에게서 들었으니까."

"그라드가 말을 했을 리가 없다!"

파일런은 바로 부정했다.

그라드는 자신에게 충성스러운 인물.

자신들의 정보를 이야기해 줬을 리 없었다.

실제로 그라드는 나이젤에게 카오스 차원에 관한 중요 내용은 하나도 이야기해 주지 않았다.

하지만 그럼에도 나이젤은 계속해서 그라드를 팔았다.

"어차피 우리가 죽을 목숨이라고 생각했는지 잘만 이야기해 주던데?"

"……!"

나이젤의 말에 파일런은 움찔거렸다. 이번엔 그럴듯한 이야기였으니까.

마족들은 오만한 존재들이다.

그렇기에 나이젤의 말대로 그라드가 이야기해 줬을 가능성이 없잖아 있었다.

실제로 그라드는 나이젤에게 어차피 죽을 목숨이라며 기본적인 정보를 이야기해 주지 않았던가?

거기에 나이젤은 살을 조금 더 붙였을 뿐이었다. 카오스 차원에 관한 이야기를 말이다.

"흥. 그라드가 무슨 말을 했는지는 모르겠지만 한 가지 사실만큼은 나도 동의한다. 네놈들이 죽을 목숨이라는 말만큼은 말이야."

파일런은 비웃는 표정으로 나이젤을 바라보며 말했다.

아무리 이 세계에 강한 존재들이 좀 있다고 해도 결과는 변하지 않는다.

이 세계는 자신들, 카오스 차원이 눈독을 들이고 있었으니까.

언젠가 멸망의 길을 걷게 될 것이다.

"그건 두고 봐야 알 일이지. 그리고 그 전에……."

나이젤은 지그시 파일런을 노려봤다.

"네가 알고 있는 정보들은 전부 이야기해야 될 거야."

카오스 차원에 대해서.

그리고 언제 카오스 차원의 본대가 이 세계에 올 것인지에 대해서.

"내가 말할 것 같나? 하찮기 짝이 없는 네놈들에게."

파일런은 가소롭다는 표정으로 나이젤과 일행들을 바라봤다.

비록 눈앞에 있는 놈들에게 패했다고는 해도 여전히 그는 나이젤 일행들을 하등한 존재로 보고 있었다.

카오스 마족들에게 있어, 이 세계는 정복해야 할 수많은 차원들 중 하나에 불과했다.

이 세계뿐만이 아니라 다른 차원들에도 손을 뻗고 있으며, 그로 인해 차원 관리국과 마찰을 빚고 있는 상황이었다.

즉, 카오스 마족들은 여러 세계들을 상대로 차원 전쟁을 벌이고 있었던 것이다.

하지만 그런 사실을 눈앞에 있는 놈들이 알고 있을 리 없을 터.

그렇기에 파일런은 나이젤 일행은 물론 이 세계의 존재들을 경멸하고 멸시했다.

차원 여행을 할 수 있기는커녕, 자신들이 나타나기 전까지는 차원 세계에 대해 아무것도 모르는 하찮은 존재들이었으니까.

그리고 파일런에게 있어서 이미 이 세계는 멸망한 것이나 다름없었다.

"그리고 이미 늦었다. 이 세계에 대한 정보라면 본대에 보내놓았으니 말이야."

"뭐라고?"

파일런의 말에 나이젤은 놀란 표정을 지었다.

이미 이 세계에 대한 정보를 본대에 보내놓았다니?

"이 세계는 정말 마음에 들어. 다른 세계에 비해 지성체들이 많고 나름 쓸 만한 실력을 가진 존재들도 많더군."

파일런이 이 세계에 온 지 꽤 시간이 흘렀다.

그동안 파일런은 이 세계에 대해 조사했다.

그리고 환희에 떨었다.

이 세계에는 다양한 감정을 가진 지성체들이 굉장히 많았기 때문이다.

족히 다른 세계의 몇 배는 되는 숫자였다.

파일런을 비롯한 마족들에게는 축복이나 다름없었다.

분노, 슬픔, 절망, 질투, 좌절 등등.

고통과 쾌락을 통해 온갖 부정적인 감정의 에너지를 마력으로 사용할 수 있는 마족들에게 있어서 수많은 지성체들은 즐거운 먹잇감이었으니까.

거기다 기본적으로 마족들은 전투광이었다.

강자든, 약자든 싸움은 마족들에게 기쁨을 준다.

특히 피와 살이 튀는 살육전은 더할 나위 없는 쾌락이었다.

그렇기에 이 세계는 마족들에게 있어서 즐거운 차원이 아닐 수 없었다.

더군다나 이 세계에는 상급 마족인 파일런을 압도하는 라그나와 같은 존재도 있지 않은가?

"여기는 정말 즐거운 세상이야."

파일런은 섬뜩하면서도 어딘가 뒤틀린 미소를 지었다.

그야말로 악마와도 같은 미소였다.

"웃기지 마라! 네놈들 따위에게 이 세계를 넘길 것 같으냐!"

파일런의 말에 브로드가 발끈하며 소리쳤다.

브로드뿐만이 아니었다.

다른 인물들도 찌푸린 얼굴로 파일런을 노려보고 있었다.

이 세계는 자신들이 살고 있는 세상이었으니까.

"내 말을 부정해도 결과는 변하지 않는다. 머지않아 이 세상을 정복할 침공대가 올 테지. 그때가 네놈들이 죽을 때다. 그때가 오기 전까지 절망하고 두려워해라."

그렇게 말한 파일런은 무엇이 그리 즐거운지 광소를 터뜨렸다.

그런 그에게 나이젤은 조용히 입을 열었다.

"그때는 언제 오지?"

"왜? 언제인지 알고 싶나?"

파일런은 비웃음을 흘리며 나이젤을 바라봤다.

마족인 그에게 인간인 나이젤은 하등한 존재였다. 아니, 인간뿐만이 아니라 마족을 제외한 모든 종족들을 하등한 존재로 여기고 있었다.

그렇기에 파일런은 자신이 라그나에게 졌다는 사실을 인정하지 않았다.

오히려 여전히 눈앞에 있는 나이젤이나 라그나보다 자신이 더 위에 있다고 생각했다. 그는 오만하기 짝이 없는 마족이었으니까.

그래서일까.

파일런은 기분 나쁜 미소를 지으며 나이젤 일행들을 향해 입을 열었다.

"마지막으로 말해주지. 3년. 앞으로 3년 남았다."

"뭐?"

"안타깝게 되었군. 날 이겨서 기뻤을 텐데 이제 네놈들에게 남은 시간이 3년밖에 되지 않으니 말이야."

그렇게 말한 파일런은 웃음을 터뜨렸다. 그의 말대로 마족 본대가 이 세계를 침공할 준비를 하고 오는 데까지 3년이 걸린다.

"그때까지 공포와 불안에 떨고 있어라. 그때는 나와 같은 자들이 수도 없이 몰려올 것이고, 나보다 더 강한 자들도 올 테니까."

본래라면 이야기해 주지 않아도 되는 정보였다.

하지만 마족은 오만하기 짝이 없는 종족.

그렇기에 파일런은 일부러 알려준 것이다. 이 사실을 알고 있다고 해도 눈앞에 있는 놈들이 뭘 어떻게 할 수 있는 건 아니었으니까.

"앞으로 3년이라고?"

파일런의 말에 나이젤 일행들의 얼굴은 어두워졌다.

어디까지 믿어야 할지 알 수 없었지만, 만약 파일런의 말이 사실이라면 상황은 결코 좋다고 할 수 없었다.

3년 뒤에 파일런 같은 상급 마족들이 우르르 몰려온다면 어떻게 될지 알 수 없었기 때문이다.

거기다 수많은 카오스 몬스터들까지.

"하지만 유감이야."

파일런은 비릿한 미소로 나이젤 일행들을 바라봤다.

사실 파일런이 침공 시기를 이야기해 준 건 오만한 탓도 있었지만, 그보다 더 큰 이유가 있었다.

그리고 그 때문에 비록 라그나에게 패했어도 졌다고 생각하지 않았다.

"네놈들은 이곳에서 죽을 테니까."

"뭐라고?"

이해가 되지 않는 파일런의 말에 나이젤은 눈살을 찌푸렸다.

근방에 있는 카오스 몬스터들은 전멸했고, 간부급인 중급 마족 파이런과 아라크네도 제압당해 기절해 있었다.

유일하게 정신을 차리고 있는 파일런도 마력 봉인 결계에 묶여 아무것도 하지 못하고 있는 상황.

어디 그뿐인가?

이곳에는 세계 최강 용병단 크림슨 미드나이트도 있었다.

그런데 어떻게 자신들이 이곳에서 죽는다는 것일까?

후우우우웅!

순간 파일런에게서 심상치 않은 마기가 흘러나왔다.

파지직!

그와 동시에 마력 봉인 결계가 발동하며 파일런을 억누르기 시작했다.

"크으윽!"

마력 봉인 결계의 반발력 때문에 파일런은 신음을 흘렸지만, 마기 방출을 멈추지 않았다.

"이 자식이!"

심상치 않음을 느낀 나이젤이 파일런을 향해 달려들었다.

그 뒤를 라그나도 따르는 상황.

하지만.

"이미 늦었다."

얼마 지나지 않아 어마어마한 검붉은색의 마기가 파일런의 몸에서 폭발적으로 터져 나왔다.

콰아아아앙!

어마어마한 마기 폭발이 파일런을 중심으로 일어났다.

상급 마족, 파일런이 마지막으로 남겨둔 비장의 한 수.

그것은 자폭이었다.

애초부터 파일런은 나이젤 일행에게 붙잡혀 있을 생각이 없었다.

라그나와 싸우면서 소모한 마기를 어느 정도 회복한 다음 자폭할 생각이었다. 그리고 파일런은 의도대로 성대하게 폭발했다.

파일런이 일으킨 마력 폭발은 주변 모든 것을 집어삼켰다.

파일런을 향해 달려들던 나이젤을 시작으로 라그나와 나머지 일행들도 폭발에 휩쓸렸다.

바닥에 쓰러져 기절해 있는 파이런과 아라크네도 마찬가지였다.

그리고 자욱하게 치솟아 오른 검붉은 폭염과 흙먼지 때문에 시야가 보이지 않을 지경이었다.

투두둑!

잠시 후, 폭발로 인해 생긴 폭풍에 휘말려 올라간 흙과 돌들이 지면에 떨어져 내렸다.

그제야 주변 상황의 모습이 보이기 시작했다.

주변 일대는 완전히 초토화되었으며 반경 수십 미터 정도 되는 크레이터가 생겨나 있었다.

그리고 곳곳에 쌓여 있는 흙무더기들이 보였다.

"크헉!"

순간 크레이터의 외곽쯤에 쌓여 있는 흙무더기들이 몇 차례 들썩이더니, 그 속에서 브로드 일행들이 모습을 드러내기 시작했다.

그들은 마족들이 포박되어 있는 장소에서 그나마 좀 멀리 떨어진 곳에 있었다. 브로드는 좀 더 가까운 곳에 있었지만 말이다.

그리고 파일런이 자폭을 감행하는 순간 에이미와 멜리오나가 방어 마법을 발동시켰다.

그 덕분인지 그들은 폭발로 생긴 바람에 밀려났을 뿐, 피해는 크지 않았다. 단지, 폭발로 인해 생긴 잔해에 깔렸을 뿐.

"쿨럭!"

그리고 그들보다 조금 더 앞에 다니엘을 비롯한 브로드와 크림슨 용병단원들이 옹기종기 모여 있었다.

"뒈뒈!"

"으아아! 나 죽는다!"

다니엘과 단원들은 폭심지에서 그리 멀리 떨어져 있지 않았지만, 오히려 멜리오나, 에이미, 가라드, 알프레드보다 더 쌩쌩했다.

그들 또한 파일런이 자폭했을 때, 재빨리 모여서 방어 진형을 짰다.

그리고 방패를 가진 로안과 카일러스를 앞세운 그들은 각자 방어 스킬을 발동하면서 폭발을 버텨낸 것이다.

"단장은?"

"단장이야 괴물이니 그렇다 쳐도 우리 막내는?"

"막내야!"

크림슨 단원들은 걱정스러운 표정을 지으며 폭심지를 바라봤다.

다니엘이나 브로드 일행들도 마찬가지.

하지만 아직 폭심지의 상황은 알 수 없었다.

자욱한 안개처럼 피어오른 흙먼지들이 아직 가라앉거나 흩날리고 있는 중이었으니까.

Chapter

3

'무사해야 할 텐데…….'

다니엘은 안절부절못하며 폭심지에서 눈을 떼지 못했다.

파일런의 자폭을 버텨내느라 온몸이 부서질 것같이 아팠지만, 그보다 더 나이젤이 걱정되었다.

특히나 카테리나가 나이젤을 부탁한다고 신신당부하지 않았던가?

그런데 설마 이런 일이 생길 줄이야.

그리고 카테리나의 부탁이 아니더라도 다니엘은 나이젤이 무사하기를 바랐다.

나이젤에게 입은 은혜가 컸으니까.

'막내는 무사하려나?'

그리고 나이젤이 걱정되는 건 크림슨 용병단원들도 마찬가지였다.

카테리나는 다니엘뿐만이 아니라 단원들에게도 나이젤을 지켜달라고 부탁했었다.

그런데 만약 나이젤에게 무슨 일이라도 생긴다면 카테리나에게 면목이 서지 않았다.

그리고 물론 단원들도 카테리나의 부탁이 아니어도 순수하게 나이젤을 걱정했다.

그들은 나이젤을 사실상 크림슨 용병단의 일원으로 보고 있었고, 사적인 자리에서는 막내 취급을 하며 친근감을 가지고 있었으니까.

실제로 용병단 내에서 나이젤의 나이가 가장 어렸기에 단원들은 그를 동생처럼 여기고 있었다.

'제발 무사하길······.'

브로드는 기도하는 심정으로 나이젤이 있던 폭심지 쪽을 바라봤다.

나이젤은 자신과 일행들을 구하기 위해 일부러 위험하기 짝이 없는 기간테스 산맥에 와준 인물이었다.

그뿐인가?

이미 다니엘은 나이젤로부터 여동생에 대해 이야기를 들었다.

이제 여동생은 안전하다고 하면서.

즉, 나이젤은 자신과 일행들을 구하러 와준 고마운 존재일 뿐만이 아니라, 여동생의 생명을 구해준 은인이기도 했다.

앞으로 나이젤에게 갚아야 할 빚들이 많은데 이렇게 가버리는 건 브로드로서는 인정할 수 없었다.

브로드는 받은 빚은 갚아야 성미가 풀리는 성격이었으니까.

스스스.

몇 초 지나지 않아, 크레이터의 중심부에서 치솟아 올랐던 흙 먼지들이 바람에 휘날려 가며 폭심지의 상황이 드러나기 시작했다.

"……!"

그리고 일행들은 볼 수 있었다.

폭심지 앞에서 한쪽 무릎을 꿇고 앉아 있는 나이젤과 라그나의 모습을.

"큭."

이를 악문 나이젤의 입에서 억눌린 신음 소리가 흘러나왔다.

이명이 끊이질 않고, 머릿속은 계속 울렸으며 속까지 뒤틀린 느낌이었다.

끼잉.

그리고 나이젤의 그림자 속에 있던 까망이도 기운 빠진 목소리를 내며 축 늘어져 있었다.

'위, 위험했다.'

나이젤은 십년감수한 얼굴이었다.

파일런이 자폭하기 직전, 피할 수 없다는 사실을 깨달았다.

그래서 다급히 방어 스킬을 펼쳤다.

그림자 방어술부터 시작해서, 까망이의 섀도우 배리어까지 풀 파워로 전개시켰다.

그뿐만이 아니라 현존 최대 출력 80%의 라스트 어빌리티, 익스터미네이션 임팩트를 부채꼴 모양으로 전방에 방출했다.

사실상 가장 앞에서 파일런의 자폭을 충격파로 경감시켰던 것이다.

그 덕분에 상대적으로 라그나와 크림슨 용병단원들, 그리고 브로드 일행들을 향한 폭발이 약해졌다.

그들이 멀쩡할 수 있었던 가장 큰 이유는 나이젤이 폭발력을 줄여주었기 때문이다.

[다니엘의 호감도가 50포인트 상승합니다.]

'응?'

순간 갑자기 떠오른 호감도 메시지에 나이젤은 속으로 쓴웃음을 지었다.

그리고 다니엘을 시작으로 호감도 메시지가 주르륵 떠올랐다.

라그나를 비롯한 크림슨 용병단과 브로드 일행들의 호감도가 급상승한 것이다.

이제 그들의 호감도는 평균적으로 약 90 안팎 정도 되었다.

'역시 나이젤 백부장님.'

폭심지에서 모습을 드러낸 나이젤을 바라보며 다니엘은 감격한 표정을 지었다.

설마 우리들을 구하기 위해 가장 앞에서 폭발을 막아주었을 줄이야!

부하와 동료를 위해 몸을 내던지는 나이젤의 모습에 다니엘은 감격했다.

'역시 내 눈은 틀리지 않았어.'

우드빌 영지의 영주인 바론 우드빌 남작이 성채 도시를 버렸을 때, 나이젤은 수많은 카오스 앤트들 앞에서 사람들을 지켰다.

덕분에 앤트 슬레이어라는 얻고 싶지 않은 칭호를 얻게 되었지만.

어쨌든 나이젤이 수많은 우드빌 영지민들을 구했다는 사실에는 변함이 없었다.

그리고 이번에도 나이젤이 앞장서서 폭발력을 경감시켜 주었기에 자신을 비롯한 브로드 일행들은 무사할 수 있었다.

그렇지 않았다면 분명 지금보다 더 큰 피해를 입었을 터.

물론 라그나도 나이젤 뒤에서 도움을 주었다. 미스틸테인을 지면에 꽂아 넣고 폭발을 막아낸 것이다.

하지만 가장 앞에서 파일런의 자폭을 대부분 막은 1등 공로자는 역시 나이젤이었다. 충격파로 폭발을 상당히 상쇄시켰으니까.

"모두 무사하나!"

라그나는 지면에 꽂혀 있던 미스틴테인을 뽑아낸 후 몇 차례 빙글빙글 돌리며 소리쳤다.

역시 세계관 최강자들 중 한 명.

아무리 나이젤이 폭발을 상쇄시켰다지만, 라그나는 거의 바로 앞에서 파일런의 자폭을 온몸으로 받아냈다.

하지만 그을음만 좀 묻었을 뿐 쌩쌩해 보였다.

'끝났군.'

등 뒤에서 우렁차게 들려오는 라그나의 목소리를 들으며 나이젤은 앞으로 풀썩 쓰러졌다.

상급 마족인 파일런의 자폭 공격은 위력이 어마어마했었으니까.

기절한 채로 무방비하게 폭발에 휘말린 파이런이나 아라크네는 그대로 목숨을 잃었다.

그리고.

[축하합니다! 당신은 5성 카오스 마족 파일런을……]

나이젤은 눈앞에서 주르륵 떠오르는 시스템 메시지들을 바라보며 눈을 감았다.

오랜만에 무리를 한 터라 피곤했기 때문이다.

*　　　　　*　　　　　*

나이젤이 브로드 일행들을 찾기 위해 기간테스 산맥으로 가고 있을 무렵.

슈테른 제국 전역에 한 소식이 전해지고 있었다.

「슈테른 제국의 황제, 프리드리히 폰 슈테른 병사하다」

이미 몇 년 전부터 프리드리히 황제는 병상에서 지내며 겨우 연명을 하고 있는 중이었다.

그러다가 결국 몸이 허약해질 대로 허약해져서 병사하고 만

것이다.

그 소식은 며칠에 걸쳐 아크 대륙 전역으로 뻗어나갔다.

"드디어 때가 되었나."

슈테른 제국의 양대 산맥으로 불리는 프리츠 폰 오벨슈타인 공작은 입매를 비틀며 뒤틀린 미소를 지어 보였다.

이 순간이 오기만을 계속 기다려 왔으니까.

"예상외의 일이 생기긴 했지만, 준비는 다 끝났지."

프리츠 공작은 자신의 집무실에서 창문 밖을 바라봤다.

어둠이 내린 밤.

휘황찬란하게 빛나는 제국 수도 발할라의 전경이 보였다.

이제 얼마 지나지 않으면 저기 빛나고 있는 발할라는 자신의 것이 된다.

그러기 위해서 지금까지 수많은 준비를 해왔으니까.

"최대 위험은 오스마이어 공작이지만……."

프리츠 공작과 대칭점에 서 있는 오스마이어 폰 로이엔탈 공작.

이미 오래전부터 오스마이어 공작을 따르는 반프리츠파 귀족들을 상대로 견제 및 공작을 해오고 있었다.

다만, 그 정보가 대체 어디서 새어 나갔는지는 모르겠다. 그 때문에 한바탕 곤욕을 치르긴 했지만.

그뿐만이 아니다.

'몇 가지 사실이 걸리는군.'

지금까지 프리츠 공작이 진행해 왔던 몇몇 계획들이 차질을 빚었다.

엔젤 더스트를 이용한 강화병 계획.

마법사 전용 마도 전투복, 헤카테 프로젝트.

오스마이어 공작을 따라서 자신의 최대 위협이 될지도 모르는 팬드래건 백작가를 견제하는 계획도 막혔다.

'노팅힐 영지의 나이젤.'

왜 빨리 눈치채지 못했을까.

프리츠 공작은 한탄했다.

자신의 계획을 방해한 존재가 노팅힐 영지에 있었다는 사실을 뒤늦게 깨달았기 때문이다.

'아니, 내가 운이 좋았던 거겠지.'

프리츠 공작은 입꼬리를 치켜올렸다. 나이젤에 대해 알게 된 것은 순전히 우연이었다.

나이젤이 팬드래건 백작가의 영애, 아이리를 치료했다고 유명해져 있었으니까.

지금까지 프리츠 공작은 아이리를 이용해서 팬드래건 백작가를 견제해 왔다.

그 때문에 후계자인 브로드는 팬드래건 백작 가문을 뛰쳐나가서 여동생인 아이리의 병을 고치기 위해 대륙을 떠돌아다녔다.

어머니인 알타이르 백작 또한 하나밖에 없는 딸이 병 때문에 언제 죽을지 모르는 상황이니 다른 곳에 신경 쓸 여력이 없을 터.

프리츠 공작의 목적대로 팬드래건 백작 가문을 흔들어놓은 것이다.

'뭐, 그뿐만은 아니지만.'

프리츠 공작은 기분 나쁜 미소를 지었다.

슈테른 제국의 황제가 병사한 현재.

제국 수도 발할라는 숨 가쁘게 돌아가고 있는 중이었다.

어둠 속에서 오스마이어 공작과 프리츠 공작 간에 암투가 시작된 것이다.

그 상황에서 오스마이어 공작과 우호적인 관계인 팬드래건 백작가는 분명 위협이 될 터였다.

그런데 만약 그러던 때 아이리가 사망한다면 어떻게 될까?

어떤 식으로든 팬드래건 백작가는 흔들릴 수밖에 없었다.

그 틈을 타서 팬드래건 백작가를 뒤집어엎을 계획이었다.

이미 그러기 위해 첩자들을 심어놓았으니까.

하지만,

'나이젤이라… 이놈은 대체 뭘까?'

프리츠 공작은 살짝 눈살을 찌푸렸다. 그놈 때문에 팬드래건 백작가의 계획이 수포로 돌아갔다.

그뿐만이 아니다.

놈에 대해서 조사를 한 프리츠 공작은 자신의 계획을 망치는 자리에 항상 나이젤이 있었다는 사실을 깨달았다.

엔젤 더스트의 강화병 프로젝트는 노팅힐 영지에서 테오도르가 비밀리에 실험하고 있었고.

노팅힐 영지와 비교적 가까운 월버 영지에서는 제론이 마법사 전용 마도 전투복, 헤카테의 프로젝트를 진행하고 있었다.

하지만 현재 둘 다 연락이 두절된 상태였다.

그리고 엔젤 더스트 실험실은 노팅힐 영지군에 의해 박멸된 상태였고, 헤카테 개발 연구소는 카오스 몬스터들의 습격으로 인해 무너졌다고 첩자들이 정보를 알려왔다.

'분명 그놈이 개입한 거겠지.'

엔젤 더스트 실험실에는 분명 개입했을 것이다. 같은 노팅힐 영지였으니까.

헤카테 연구소가 있는 월버 영지는 나이젤이 개입했는지 불분명했지만 정황상 그래 보였다.

카오스 몬스터들에게 멸망당하다시피 한 월버 영지에서 피난민들을 나이젤이 데리고 돌아왔다는 이야기가 있었으니까.

"하지만 이제 와서는 상관없나."

프리츠 공작은 피식 웃었다.

비록 일정에 차질을 빚기는 했지만, 강화병 계획은 다른 곳에서도 실험을 하고 있었기에 완성시킬 수 있었다.

또한 마법사 전용 헤카테는 프로토타입을 회수하진 못했지만 제론이 연구원들과 정보를 전부 보내왔었다.

그 덕분에 시간이 조금 걸리긴 했지만 양산화가 가능해진 상황이었다.

모든 건 계획대로.

"슈테른 제국의 종지부는 내가 찍어주마."

그리고 프리츠 공작 집무실에 호쾌한 웃음소리가 울려 퍼졌다.

*   *   *

기간테스 산맥에서 카오스 마족들과의 싸움이 끝나고 3일이 지났다.

지난 3일 내내 노팅힐 영지 의무실에서 정신을 잃고 잠을 자던 나이젤이 드디어 눈을 떴다.

"으음."

'온몸이 아프네.'

눈을 뜬 나이젤은 전신이 근육통에라도 걸린 것처럼 아팠다.

"여기는……."

일단 고개를 돌려 주위를 둘러본 나이젤은 자신이 의무실에 있다는 사실을 깨달았다.

익숙한 천장이 보였으니까.

거기다 침대 양옆에 반가운 인물들이 있었다.

아리아와 카테리나가 나이젤의 두 손을 각각 하나씩 붙잡은 채 엎드려 자고 있었던 것이다.

나이젤이 깨어난 시간이 늦은 밤이었기에 어쩔 수 없었다.

'간호를 해준 건가.'

그녀들의 모습에 나이젤은 절로 부드러운 미소가 지어졌다.

가족이 아닌 다른 사람이 자신을 걱정해 주고 있다는 사실이 기뻤으니까.

현실 세계에서는 기대할 수 없었던 일이었다.

'아무튼 그때 이후로 시간이 얼마나 흐른 거지? 마족들은? 에 피소드 미션은 클리어된 건가?'

나이젤은 정신을 잃기 전 마지막 기억을 떠올려 봤다.

파일런이 자폭을 한 탓인지 5성 상급 마족 파일런이 어쩌고

하면서 시스템 메시지가 떠오르는 걸 보면서 정신을 잃었었다.

'일단 시스템 확인부터 해야겠군.'

나이젤은 아직 확인하지 못한 시스템 메시지들을 눈앞에 띄웠다.

[축하합니다! 당신은 5성 카오스 마족 파일런을 처치하셨습니다.]
[축하합니다! 당신은 4성 카오스 마족 파이런을 처치하셨습니다.]
[축하합니다! 당신은 4성 카오스 마족 아라크네를 처치하셨습니다.]

'헐?'

카오스 마족들이 처치되었다는 시스템 메시지들을 확인한 나이젤은 놀란 표정을 지었다.

설마 파일런의 자폭에 휘말리면서 죽은 카오스 마족들까지 자신의 공적으로 인정되었을 줄은 몰랐기 때문이다.

막타를 치지 않았으니까.

[기간테스 산맥에 있던 카오스 마족들의 처치 보상은 기여도에 따라 지급됩니다.]
[이세계 플레이어 김진현 님은 카오스 마족들을 처치하는 데 큰 기여를 했다고 판단했습니다. 이에 기본 보상을 지급하였습니다.]

'어?'

순간 나이젤은 흠칫 놀란 표정을 지었다.

지금 나이젤은 기간테스 산맥에서 쓰러졌을 때 떠올랐던 메시지들을 확인하고 있는 중이었다.

그런데 마치 자신의 생각에 대답이라도 하는 것처럼 새로운 메시지가 떠오른 게 아닌가?

'설마 내 생각에 답을……?'

나이젤은 한동안 눈앞을 노려봤다.

아무것도 없는 허공을 응시한 지 약 십 분.

[이세계 플레이어, 김진현 님. 저는 항상 당신을 지켜보고 있습니다. 지금처럼만 계속 해주시면 감사하겠습니다.]

"……!"

나이젤은 놀란 표정으로 눈을 크게 떴다. 지금까지는 그저 기계적인 시스템 메시지라고 생각해 왔다.

그런데 지금 마치 다른 사람과 채팅이라도 하는 것처럼 메시지가 올라오다니?

'넌 누구지?'

병실에는 아리아와 카테리나가 잠들어 있었기 때문에 나이젤은 머릿속으로 물었다.

[저는 차원 관리국의 관리자들 중 한 명입니다. 레나엘이라고 불러주세요.]

'차원 관리국!'

레나엘이라고 이름을 밝힌 관리자의 말에 나이젤은 경악하지 않을 수 없었다. 지금까지 자신의 곁에 차원 관리자가 함께하고 있었다는 말이었으니까.

그뿐만이 아니다.

'너희들이지? 나를 이 세계에 보낸 건.'

나이젤은 자연스럽게 자신을 이 세계에 보낸 존재들이 차원 관리국이라는 사실을 깨달았다.

아니, 차원 상인 집단 스팀의 테일러에게서 차원 관리국에 대해 들었을 때부터 의심을 하고 있었다.

차원 이동에 관해 관리하는 단체가 바로 차원 관리국이라고 했으니까.

그들이라면 당연히 지구인인 자신을 이 세계로 보낼 수 있었을 테지.

[네. 그렇습니다.]

'역시 그랬군.'

레나엘의 대답에 나이젤은 침대에 더욱 기대며 몸을 눕혔다.

그래도 이제 자신을 이 세계로 보낸 존재들이 누구인지는 알게 되었다.

하지만 여전히 의문은 남았다.

'그럼 대체 왜 나를 이 세계에 보낸 거지?'

예전부터 궁금했었다.

대체 왜 자신이 트리플 킹덤 게임 같은 세상 속에 내던져졌는지 말이다.

[플레이어 김진현 님, 당신이 처음이었기 때문입니다.]

'처음? 트리플 킹덤 게임을 말하는 건가?'

[네. 그 게임에서 플레이어 김진현 님은 최초로 100명의 영주로 엔딩을 보셨고, 저희들도 불가능하다고 판단한 다리안 영주로 끝을 보셨습니다. 그래서 김진현 님을 초대한 것입니다.]

'......'
레나엘의 메시지에 나이젤, 아니, 진현은 침묵했다.
다리안 영주로 엔딩을 봤을 때, 자신에게 온 초대장을 기억해 낸 것이다.
'Yes or Yes라고 보낸 거 말이야?'

[네.]

눈앞에 떠오른 메시지를 본 나이젤은 왠지 레나엘이 웃고 있는 것처럼 느껴졌다. 진현이 받았던 초대장은 답정너와도 같았으니까.
그리고 그때 받은 초대장을 진현은 받아들였다.
그 결과 이 세계에 오게 된 것이다.
'좋아, 알겠어. 그럼 그건 그냥 넘어가지.'

사실 초대장 메시지를 받았을 때, 어느 정도 진현은 예상하고 있었다.

다만 정말 그게 확실한 건지 확인을 한 것일 뿐.

'그럼 이 세계는 뭐지? 가상 세계인가? 아니면 진짜로 존재하는 세계인가?'

진현은 머릿속으로 레나엘에게 질문했다.

하지만 진현의 시야에는 대답 메시지가 떠오르지 않았다.

그러다가 한참 만에 한 줄 메시지가 떴다.

[…죄송하지만 아직 그 질문에는 대답해 드릴 수 없습니다.]

'왜지?'

[아직 진현 님의 등급이 낮기 때문입니다. 그 질문에 답하기 위해서는 적어도 진현 님의 등급이 명장은 되셔야 합니다.]

'명장급이라고?'

레나엘의 대답에 진현은 눈살을 찌푸렸다.

트리플 킹덤 세계의 무장들은 무력이나 법력에 따라 등급을 나눈다.

보통 무력이나 법력이 80 이상이면 영웅급으로 보며, 유능하다고 평가받는다. 경지로 보자면 소드 익스퍼트급이다.

그리고 명장급은 무력 90 이상인 마스터 경지의 괴물들을 일컫는다.

파일런이나 라그나가 있는 경지다.

'지금 나로서는 아직 멀었는데……'

[현재 플레이어 김진현 님의 무력은 85이며, 소드 익스퍼트 중급입니다.]

'뭐?'

레나엘의 대답에 진현은 황급히 상태창에 적힌 능력치들을 확인해 봤다.

능력치:

무력(85/99), 통솔(80/99).

지력(78/99), 마력(82/99).

정치(70/99), 매력(75/99).

'허……'

무력뿐만이 아니라 다른 능력치들도 전반적으로 상향되어 있었다.

무력 80을 찍은 이후, 진현의 성장은 더뎠었다.

브로드를 찾으러 기간테스 산맥에 가서 파이런과 조우했을 때, 무력은 겨우 83이었으니까.

무력 80을 찍고 수많은 카오스 몬스터들을 때려잡았지만, 고작 3포인트 올랐을 뿐이었다.

그런데 기간테스 산맥에서 카오스 마족들을 처리한 후, 진현의 무력이 무려 2포인트나 오른 것이다.

특히 수치가 높아질수록 올리기가 더욱 어려워짐에도 말이다.

그 덕분에 현재 진현은 소드 익스퍼트 중급의 경지에 올랐다.

[또한, 당신은 첫 번째 에피소드 미션 몬스터 플러드를 클리어하셨습니다. 첫 번째 에피소드 미션이 끝나고 당신이 중간 영웅급은 되었기에 지금 이렇게나마 저와 대화를 나눌 수 있게 된 것이죠.]

'과연.'

진현은 어째서 지금에서야 레나엘과 대화를 나눌 수 있게 된 건지 알 수 있었다.

대충 사정을 파악한 진현은 중요한 질문을 하나 던졌다.

'나를 원래 세계로 돌려보내 줄 수 있어?'

진현은 자신이 원래 살던 현대에 미련은 없었다.

어차피 자신을 기다려 줄 사람도 없고, 노력한 만큼 누군가에게 인정받은 적도 없는 세상이었으니까.

하지만 적어도 목숨의 위협은 받지 않고 살 수 있었다.

[죄송하지만 그럴 수 없습니다. 당신이 원래 세계로 돌아가기 위해서는 모든 에피소드들을 끝내셔야 합니다.]

'에픽 미션을 클리어해야 돌아갈 수 있다는 건가?'

[네.]

레나엘의 메시지에 진현은 혀를 찼다. 역시나 지금 당장 돌아가는 건 불가능한 모양이었다.

[에픽 미션.]
천하를 통일하십시오.
난이도: 불가능(신화).
제한 시간: 없음.
보상: 지구 귀환 or 제국 황제.

현재 거의 반강제적으로 진행되고 있는 미션이다.

그 때문에 진현은 제약을 받고 있었다. 노팅힐 영지에서 벗어날 수 없으며, 무슨 일을 할 때마다 위기가 찾아온 것이다.

이유는 난이도 불가능(신화) 때문.

그 때문에 혹시나 지금 당장 현대로 돌아갈 수 있는지 물어봤지만 역시나였다.

'뭐, 이제 와서 돌아간다는 건 좀 그렇긴 하지.'

진현은 쓴웃음을 지으며 시선을 아래로 내렸다.

그곳에 자신의 양손을 붙잡고 잠들어 있는 두 명의 여성이 있었다.

그녀들뿐만이 아니다.

진현은 현대와 다르게 나이젤로서 이 세계의 수많은 사람들과 인연을 맺었다.

자신이 지켜주어야 할 사람들.

그런데 만약 자신이 지금 시점에서 현대로 돌아가 버리면 어떻게 될까?

과연 다리안 영주 밑에서 노팅힐 영지의 사람들이 난세에서 살아남을 수 있을까?

'무리겠지.'

진현, 아니, 나이젤은 속으로 고개를 저었다.

트리플 킹덤 게임에서 노팅힐 영지는 보잘것없는 약소 세력이었다.

괜히 주변 영주들에게 지원금이라는 말도 안 되는 이유로 다리안 영주가 삥을 뜯긴 게 아니었으니까.

힘이 없었기 때문이다.

지금은 나이젤 덕분에 어느 정도 세력을 이루었다.

하지만 나이젤이라는 구심점이 없어진다면 노팅힐 영지 세력은 눈 녹듯이 사라질 것이다.

'좋아. 너희들의 장단에 넘어가 주지. 다만 너희들이 알고 있는 정보들을 전부 넘겨라.'

[저의 권한 내에서라면 알려 드리겠습니다.]

'그럼 카오스 마족들은 뭐지?'

[다른 차원을 침략하고 있는 정신 생명체입니다. 저희 차원 관리국의 주적이죠.]

'그럼 그놈들이 이 세계를 노리는 이유는?'

[죄송하지만 그건 제 권한 밖의 정보입니다. 알려 드릴 수 없습니다.]

'아니, 벌써부터 막히면 어떡해?'

[죄송합니다. 이 세계와 관련된 정보는 기밀입니다. 앞서 이야기해 드렸다시피 플레이어 김진현 님이 명장급으로 성장하시지 못하면 알려 드릴 수 없습니다.]

'이 세계에 대한 건 기밀이라고? 대체 이 세계는 뭐야?'
나이젤은 눈살을 찌푸렸다.
차원 관리국과 대화를 하게 되었음에도, 이 세계가 게임인지 아니면 현실 세계인지조차 알 수 없었다.
대체 어떤 비밀이 있다는 걸까?
'그럼 미션은 대체 뭐지?'
현재 나이젤이 사용하고 있는 시스템 관련 능력은 차원 관리국에서 준비한 것 같았다.
그렇다면 그들이 자신에게 내려주고 있는 에피소드 미션이라는 건 도대체 무엇일까?

[에피소드 미션은 이 세계의 역사라고 할 수 있습니다. 이 세계의 역사에 따라 에피소드 미션이 진행될 예정입니다.]

'역사라고?'

[네, 플레이어 김진현 님도 이미 알고 계시겠지요.]

'그건 그렇지.'
나이젤은 고개를 끄덕였다.
확실히 트리플 킹덤 게임에서도 역사의 흐름에 따라 에피소드 미션이 진행되었다.
그건 이곳에서도 마찬가지인 모양.

[많은 걸 이야기해 드릴 수는 없지만, 저희들이 김진현 님을 플레이어로 불러들인 이유는 이 세계를 지키기 위함입니다. 부디 에피소드 미션을 따라 강해져 주십시오.]

'이 세계를 지켜달라고?'
레나엘의 메시지에 나이젤의 눈썹이 꿈틀거렸다.
에픽 미션의 목적은 천하 통일이었다.
하지만 레나엘은 이 세계를 지켜달라고 메시지를 보냈다.
명백한 모순이었다.
'그건 대체 무슨 말이지? 천하 통일을 하는 게 목적이 아닌가?'

[네. 맞습니다. 당신이 천하를 통일시킨다면 이 세계는 구원받을

것입니다.]

'조금 더 자세히 말해줄 수 없어?'

[기밀 사항입니다.]

'즉, 명장급이 되어야 알 수 있다?'

[네.]

'흥.'
나이젤은 속으로 코웃음을 쳤다.
자신이 천하 통일을 해야 세계를 구원할 수 있다니?
이건 또 무슨 소리란 말인가?
그리고 더 마음에 들지 않는 건, 보다 자세한 정보를 알고 싶으면 명장급이 되어야 한다는 사실이었다.
즉, 지금은 약해서 알려줄 수 없으니, 지금보다 더 강해져서 들어라, 라는 의미였으니까.
하지만 나이젤은 구원과 관련해서 짐작되는 부분이 있었다.
'카오스 마족 놈들이랑 연관이 있는 건 아니고?'

[……]

'그놈이 그러더군. 앞으로 카오스 차원의 침공대가 오기까

지 3년이 남았다고. 3년 뒤에 올 그놈들 때문에 이 세계가 멸망하게 되는 건가?'

나이젤은 담담하게 물었다.

이 세계에 구원이 필요하다면, 위협이 되는 건 카오스 마족들밖에 없었다. 트리플 킹덤 게임에서도 구원에 관한 이야기는 없었으니 말이다.

하지만 레나엘은 믿기지 않는 메시지를 보내왔다.

[아니요. 카오스 마족들이 아닙니다.]

'뭐라고? 그럼 대체 누가?'

레나엘의 부정에 나이젤은 눈살을 찌푸렸다.

카오스 마족들이 아니라면 대체 누가, 어떤 존재들이 이 세계에 위협이 된단 말인가?

[최고 기밀 사항입니다.]

'그것도 명장급이 되어야 알 수 있는 건가?'

[아니요.]

'……?'

생각지도 못한 레나엘의 부정에 나이젤은 의아한 표정을 지었다.

명장급이 되어도 알 수 없는 정보라고?

그럼 설마?

[적어도 패왕은 되셔야 합니다.]

'미친……'

나이젤은 놀란 표정을 지었다.

패왕이라니?

기가 막힐 따름이었다.

왜냐하면 패왕은 무력이나 법력 수치가 100인 존재였으니까.

그야말로 전설적인 존재라고 할 수 있었다.

이 세계에서 그 단계에 도달할 수 있는 존재가 있다면 라그나 정도였다.

'패왕이 되어야 알 수 있다고?'

[네. 그러니 플레이어 김진현 님, 지금보다 더 강해지십시오. 모든 비밀을 알고, 이 세계에서 살아남고 싶으시다면.]

'……'

나이젤은 입을 꾹 다물었다.

머리가 아파왔으니까.

설마 카오스 마족들보다 더한 놈들이 있을 줄이야.

[더 필요하신 정보가 있습니까?]

'됐어. 어차피 최소 명장은 되어야 말해줄 수 있다고 하겠지.'

[잘 알고 계시는군요.]

나이젤은 살짝 눈살을 찌푸렸다.

역시나 중요한 정보에 대해 물어보면 레나엘은 명장이 되어야 알 수 있다는 대답을 할 생각이었던 모양이었으니까.

그래서 한번 질러보기로 했다.

'그럼 한 가지만 더 물어보지. 너는 남자인가 여자인가? 나이는? 만약 여자라면 쓰리 사이즈는 어떻게 되지?'

사실 한 가지가 아니었지만 어차피 상관없었다.

분명 대답해 주지 않을 테니까.

그래서 막 던졌다.

[…여자입니다.]

하지만 잠시 침묵의 시간이 지나고 레나엘의 메시지가 떠올랐다.

[그리고 나이는 최고 기밀 사항입니다.]

'최고 기밀 사항이라고?'

레나엘의 메시지에 나이젤은 저도 모르게 헛웃음이 나왔다.

나이가 최고 기밀 사항이라니.

그 말은 패왕이 되면 알려준다는 소리이지 않은가?

'쓰리 사이즈도?'

[그건 최고 중요 기밀 정보입니다.]

'그래서 말해줄 수 없다는 거야?'

[…패황이 되신다면 알려 드리겠습니다.]

'뭐? 아무리 그래도 그건 너무 세게 나오는 거 아니야?'

나이젤은 어이없는 표정을 지었다.

패왕이 무력 100의 전설 등급이라면, 패황은 무력이 100을 넘어가는 신화 등급이었으니까.

[그럼 묻지를 말든가요.]

아무래도 레나엘은 살짝 삐진 모양이었다.

하긴, 초면에 나이는 그렇다 쳐도 쓰리 사이즈까지 물어본 건 과하긴 했다. 만약 현대였으면 뺨이라도 한 대 맞지 않았을까?

'그래도 싫다고 말하진 않네.'

나이젤은 속으로 피식 웃었다.

물론 레나엘 입장에서는 말하기 싫다고 돌려 이야기한 것일 수 있었다.

패황은 설정상으로만 존재하는 등급으로 무력이나 법력을 110은 찍어야 된다는 이야기가 있을 정도였으니까.

그야말로 전설을 넘어서 신화 속 이야기나 다름없었다.

'이왕 시작한 거 끝을 봐야겠지.'

나이젤의 당초 목적은 여유롭고 편안한 삶을 사는 것.

하지만 트리플 킹덤 게임은 결코 평화롭지 않았다.

슈테른 제국의 황제가 병사하고, 얼마 지나지 않아 각 세력의 귀족들이 너도나도 들고 일어나면서 난세가 시작되니까.

그 틈바구니 속에서 살아남으려면 역시 고생을 할 수밖에 없었다.

그래서 나이젤은 초반만 고생 좀 하자면서 여러 곳을 뛰어다녔다.

어떻게든 영지를 지킬 세력을 만들어놓기만 하면 앞으로가 편해질 거라 생각하면서.

'변수가 너무 많아.'

하지만 트리플 킹덤 게임과 다르게 이 세계는 다른 점이 너무 많았다.

특히 첫 번째 에피소드 몬스터 플러드만 하더라도, 카오스 몬스터들은 존재하지 않는다.

일반 몬스터들이 준동을 하고 그것을 막기 위해 각 귀족들이 군비확장을 하는 게 주된 내용이었다.

그런데 갑자기 카오스 몬스터들이 등장하는 게 아닌가?

그로 인해 괴멸적인 피해를 입은 곳은 물론이고, 지금 멸망하지 말았어야 할 영지들까지 멸망한 상태였다.

그것도 정찰대라고 할 수 있는 카오스 몬스터들을 상대로.

만약 본격적으로 카오스 차원의 침공이 시작된다면 제국은 막아내지 못할 것이다.

어디 그뿐인가?

레나엘은 카오스 마족들보다 더 위험한 놈들도 있다고 했다.

그렇다면 이 세계에서 살아남기 위해서는 강해지는 수밖에 없었다.

'좋아. 까짓것, 패황까지 강해져 주지.'

나이젤은 다시 한번 결정을 내렸다.

여러 세력과 힘을 가진 귀족들이 군웅할거하는 난세뿐만이 아니라, 미지의 위험까지 기다리고 있다면 어떻게든 대비를 해야 하니까.

그러려면 라그나를 넘어서 패황의 자리도 노려봐야 했다.

[그렇게까지… 제 쓰리 사이즈가 궁금하신 건가요?]

그때 나이젤의 눈앞에 레나엘의 메시지가 떠올랐다.

그리고 메시지를 확인한 나이젤은 순간적으로 당황했다.

'응? 아니 그게 아니라……'

[그럼 이제 저한테 관심이 없어졌다는 건가욧?]

아, 씁. 이거 삐친 거 같은데.

나이젤은 자기도 모르게 식은땀을 흘렸다. 레나엘이 갑자기 훅 치고 들어와서 대답을 잘못한 탓에 삐진 모양이었으니까.

'그럼 정말 내가 패황이 되면 이야기해 주겠다는 거야?'

[그, 그건⋯⋯.]

'알려주겠다는 거야? 말겠다는 거야?'

[조, 좋아요. 정말 플레이어 김진현 님이 패황이 되신다면 알려 드리죠.]

'좋아. 그럼 약속했다?'

[⋯네.]

그렇게 나이젤은 레나엘에게서 약속을 받아냈다.
하지만 이걸로 끝낼 생각은 없었다.
'그리고 조건을 하나 더 추가하지.'

[조건이요?]

'내가 패황이 되면 데이트를 요청하겠다.'

[데이트?]

'그래. 쓰리 사이즈뿐만이 아니라 데이트까지 요청한다.'

[……]

이 대화를 마지막으로 레나엘에게서 한동안 메시지가 오지 않았다.
나이젤은 조마조마한 심정으로 레나엘의 메시지를 기다렸다.
그리고 잠깐 더 시간이 지난 뒤.

[좋아요. 받아들이겠습니다.]

레나엘에게서 승낙의 메시지가 보내져왔다.

'진짜지? 약속한 거 맞지?'

[네.]

재차 확인하는 나이젤의 물음에 레나엘은 약속했다고 확답을 해주었다.
'좋아.'
나이젤은 만족스러운 미소를 지었다.
당연한 소리겠지만, 쓰리 사이즈는 페이크다.
물론 데이트도 페이크다.

나이젤의 목적은 데이트 너머에 있었다. 그녀와 데이트를 한다는 건 즉, 차원 관리국의 관리자와 직통으로 만날 수 있다는 소리였으니까.

'너를 만나기 위해서라도 반드시 패황이 되어주지.'

나이젤은 다시 한번 더 다짐했다.

반드시 패황이 되겠노라고.

하지만 나이젤은 모르고 있었다.

차원 관리국이 어떤 곳인지.

그곳의 관리자들이 어떤 존재들인지.

그리고 레나엘이 어떤 성격을 가진 인물인지.

[네. 저도 그때가 오기를 기대하고 있겠습니다.]

*   *   *

"그래. 어디 한번 면상 좀 보자."

금발 숏컷 헤어스타일을 가진 아름다운 여성이 얼굴을 찌푸리며 홀로그램 화면을 노려보고 있었다.

그녀의 이름은 레나엘.

조금 전까지 나이젤과 메시지를 주고받던 차원 관리국의 관리자였다.

새하얀 원피스 같은 제복을 입고 있는 그녀는 인간이라고 생각할 수 없을 정도로 아름다웠다.

그리고 그녀의 도도한 표정과 금발 숏컷 헤어는 잘 어울렸으며, 별빛처럼 빛나는 푸른 눈은 빠져들 것만 같았다.

거기에 차원 관리국의 하얀 제복까지.

그녀는 시크하면서도 당당한 오피스 레이디 같은 이미지였다.

"내가 만나기만 하면 네놈 대가리를 깨버릴 테니까."

다만 말투는 거칠었다.

지금 그녀는 살짝 화가 나 있었다.

이유는 한 가지였다.

조금 전 나이젤과 메시지를 주고받으며 나눈 대화가 마음에 들지 않았기 때문이다.

"감히 여신인 나에게 나이와 쓰리 사이즈를 물어?"

차원 관리자, 레나엘.

그녀의 진짜 정체는 차원 관리국의 상급 관리자들 중 한 명으로 여신이었다.

보통 중급 관리자까지는 천사들이 맡지만, 상급 관리자는 여신들이 맡는다.

그리고 트리플 킹덤 차원은 차원 관리국 내에서도 특수한 경우에 속했다.

그 때문에 여신인 그녀가 직접 담당하게 된 것이다.

"빌어먹을 시스템. 생각하니까 또 빡치네."

레나엘은 눈살을 찌푸렸다.

지금 그녀가 있는 곳은 차원 관리국의 개인 오퍼레이터실이었다.

보통 일반 관리자들은 공용 오퍼레이터실에서 다 함께 일을 하지만 그녀는 예외였다.

상급 관리자는 여신들로만 이루어져 있으니까.

때문에 상급 관리자는 개인 오퍼레이터실이 주어진다. 그리고 지금 그녀의 눈앞에는 나이젤에 대한 정보가 기록되어 있는 홀로그램 창이 띄워져 있었다.

이 홀로그램 시스템을 통해서 레나엘은 나이젤에게 미션 정보나, 메시지를 보내왔다.

지금까지 나이젤이 시스템 메시지라고 생각했던 것들은 전부 레나엘이 보낸 것이다.

"필터링 같은 건 진짜 왜 있는 거야?"

레나엘은 이를 갈며 홀로그램 시스템을 노려봤다.

놀랍게도 지금까지 레나엘은 나이젤에게 존댓말을 한 적이 없었다.

전부 반말로 메시지를 보냈었다.

─명장이 되면 알 수 있다.

─최고 기밀 사항이다.

─내 권한으로는 말할 수 없다.

전부 저런 식으로 메시지를 보냈었다.

하지만 나이젤이 받은 메시지는 전부 공손한 존댓말이었다.

[명장이 되면 알 수 있습니다.]

[최고 기밀 사항입니다.]

[제 권한으로는 말씀드릴 수 없습니다.]

등등.

시스템 자체 필터링을 거쳐서 최대한 순하게 존댓말로 나이젤에게 메시지가 보내졌던 것이다.

"그보다 진짜 욕설 차단 같은 건 왜 있는 거야?"

레나엘은 조금 전 나이젤과 나눈 대화를 떠올리다가 빡친 표정을 지었다.

나이젤이 그녀에게 나이와 쓰리 사이즈를 물었을 때, 반말로 메시지를 보내던 레나엘은 홀로그램 키보드에 욕설을 때려 처넣었었다.

─야, 이 미친놈아! 거기서 왜 내 나이랑 쓰리 사이즈를 묻는 건데! 나라고 좋아서 관리자가 된 줄 알아? 이 망할 자식아!

대충 위와 같은 분위기로 흥분해서 욕설로 점철된 타자를 쳤다.

결과.

[경고! 차원 관리국 정보통신법에 의하여 상급 여신 레나엘 님의 메시지가 차단되었습니다. 사유는 욕설입니다.]

"뭐, 이런 개같은 경우가 있어!"

꽤 장문의 메시지를 보냈었는데 욕설을 이유로 차단시켰단다. 그때의 빡침이란.

그리고 그 때문에 나이젤에게 레나엘의 메시지가 늦게 출력된 것이다.

레나엘이 보낸 메시지가 한 번 차단되었다가 다시 보내졌으니까.

"빌어먹을 차원 관리국 정보법 같으니."

레나엘은 눈살을 찌푸렸다.

플레이어들과 관리자들은 서로 좋은 관계를 유지할 필요가 있었다.

서로 함께할 시간이 많은 데다가, 플레이어로서 성장한 존재들은 나중에 차원 관리국을 도와주는 중요한 역할을 하기 때문이다.

그래서 차원 관리국은 플레이어들과 관리자들이 서로 잘 지내기 위한 방편으로 정보통신법을 만들어서 관리자들이 절대 욕을 하거나, 반말하는 걸 금지시켰다.

그 결과 지금 나이젤과 레나엘 사이 같은 경우가 생겨난 것이다.

그 때문에 나이젤은 아마 레나엘이 단순한 차원 관리국의 관리자인 줄로만 알고 있을 터.

"아무튼 나에게 데이트를 신청한 건 실수한 거야."

레나엘은 차가운 미소를 지었다.

레나엘이 여신이라는 사실을 모르고 있던 나이젤은 겁도 없이 그녀에게 데이트를 신청했다.

그녀가 단순한 여신이라면 별문제 없었다.

다만 문제는 그녀의 정체였다.

차원 관리국의 상급 관리자,

살육의 여신, 레나엘.

차원 관리국에서 그녀는 살육의 여신이라고 불리며 두려움을
사는 존재였으니까.

"나도 그때가 오기를 기대하고 있겠다."

레나엘은 나이젤과의 데이트를 기대하며 즐거운 미소를 지었
다.

Chapter

4

"후."

레나엘과 대화를 끝낸 나이젤은 숨을 길게 내쉬며 몸을 편하게 이완시켰다.

예상치 못하게 이런 식으로 차원 관리국과 접촉하게 될 줄은 몰랐으니까.

'좋아해야 할지, 말아야 할지.'

나이젤은 속으로 고개를 절레절레 흔들었다.

그래도 그동안 의문이었던 정보들을 확인할 수 있는 기회가 되긴 했다.

비록 자세한 정보를 얻으려면 무력 90인 명장이 되어야 하지만 말이다.

'적어도 패왕급은 되어야 해.'

무력이나 법력 수치가 100인 존재.

검사의 경지로 본다면 마스터를 넘어서는 그랜드 마스터급이다. 마법사로서 경지는 9클래스에 해당한다.

그야말로 전설적으로 반신반인의 존재라고 할 수 있었다.

거기에 레나엘의 데이트를 얻어낼 수 있는 패황급은 사실상 신적인 존재나 다름없었다.

검사라면 검의 신.

마법사라면 마법의 신.

그 경지에 도달해야지 레나엘과 데이트를 할 수 있는 가능성이 생긴다.

참고로 차원 관리국의 천사들이나 신들은 최소 패왕급 이상이며 패황급을 넘어서는 존재들도 상당수 있었다.

어쨌든 레나엘과 나눈 대화는 나이젤이 앞으로 무엇을 해야할지 목적을 세우는 계기가 되었다.

어느 정도 예상은 하고 있었지만, 이 세계의 미래는 그리 밝지 않았으니까.

살아남기 위해서라면 온갖 수단을 취해야 했다.

'그리고 보니 카오스 마족들을 처치한 걸로 인정돼서 전공 포인트를 많이 번 것 같은데……'

지나간 시스템 로그를 확인하던 도중에 레나엘과 대화를 나눈 탓에 나이젤은 아직 카오스 마족 처치와 미션을 클리어한 보상을 확인하지 못한 상태였다.

[당신은 5성 카오스 마족 파일런을 처치하셨습니다. 보상으로 전

공 포인트 7,500을 지급합니다.

[당신은 4성 카오스 마족 파이런을 처치하셨습니다. 보상으로 전공 포인트 6,000을 지급합니다.]

[당신은 4성 카오스 마족 아라크네를 처치하셨습니다. 보상으로 전공 포인트 6,000을 지급합니다.]

카오스 마족들을 처치한 덕분에 나이젤은 상당한 전공 포인트를 벌었다.

카오스 몬스터들은 기본적으로 보상이 1.5배였으니까.

덕분에 카오스 마족들을 처치하고 받은 전공 포인트만 해도 무려 19,500이나 되었다.

어디 그뿐인가?

약 1천에 가까운 카오스 몬스터들까지 크림슨 용병단과 함께 소탕을 완료했다.

그때 나이젤이 잡은 몬스터는 100마리가 좀 안 되었다.

3성 카오스 몬스터의 전공 포인트는 450.

따라서 나이젤이 벌어들인 전공 포인트는 5만에 가까웠다.

'덕분에 고생 좀 많이 했지.'

나이젤은 살짝 쓴웃음을 지었다.

무엇보다 카오스 몬스터들의 수가 많았고, 카오스 마족들까지 상대해야 했기에 전투는 끝날 것 같지가 않을 정도였다.

그 상황 속에서 나이젤은 4성 보스급인 카오스 마족 아라크네를 상대했다.

그녀를 상대하며 사방에서 달려드는 카오스 몬스터들까지 쓰러뜨려야 했기에 전투는 난항을 겪었다.

하지만 산속에서 끊임없이 유격전을 벌이고, 크림슨 용병단의 활약 덕분에 카오스 몬스터들을 전멸시킬 수 있었다.

그 결과 나이젤은 총 7만 전공 포인트를 벌었다.

거기에 미션 클리어 보상인 2만 7천 전공 포인트까지 합하면 거의 10만에 가까웠다.

그리고 브로드 일행을 찾기 전 나이젤이 들고 있던 전공 포인트도 약 2만 정도는 됐다.

즉, 지금 나이젤이 손에 쥐고 있는 전공 포인트는 118,500이었다.

'대박이네.'

전공 포인트를 확인한 나이젤의 얼굴에 웃음꽃이 피어났다.

브로드 일행들을 구하러 기간테스 산맥에 갔다가 10만에 가까운 전공 포인트를 벌었으니 말이다.

그야말로 일석삼조였다.

계획대로 브로드 일행들을 구했고, 카오스 마족들이 이끄는 군세를 전멸시켰으며, 약 10만 전공 포인트를 벌었으니까.

'그럼 스킬들을 확인해 볼까?'

나이젤은 스킬창을 눈앞에 띄웠다.

[패시브 스킬]

1. 무상심법(B): 숙련도 60%

2. 무상검법(B): 숙련도 53%

3. 무상투법(B): 숙련도 51%

[액티브 스킬]

1. 육체강화(B): 숙련도 55%

2. 무상신법(C): 숙련도 100%

3. 자신감 증가(C): 숙련도 100%

4. 가혹한 지휘(C): 숙련도 100%

[스페셜 데스 블로우 스킬]

1. 드래곤 버스터(S-): 숙련도 2%

전반적으로 스킬 숙련도가 늘어나 있는 상황.

특히 무상심법은 검법, 투법, 신법의 근간이었기에 숙련도가 대폭으로 늘어나 있었다.

그리고 무엇보다 무공 스킬의 숙련도가 전부 50% 이상이라는 사실이 중요했다.

'숙련도 50%가 되면 새로운 초식을 배울 수 있지.'

나이젤은 만족스러운 미소를 지었다.

무상검법과 투법의 숙련도가 50%를 넘었기에 다섯 번째 초식을 배울 수 있기 때문이다.

'5초식부터는 위력이 꽤 올라가지.'

B급 무공 스킬부터 이전 초식에 비해 발동 속도와 위력도 3배 정도 오른다.

그래서 그런지 초식 습득 비용도 3배 더 오른다.

'그래 봤자 3,000포인트지만.'

다행히 초식 습득 비용은 등급 업그레이드에 비해 굉장히 낮은 편이었다.

'그리고 B급부터는 초식 선택이 가능하니까.'

F급부터 C급까지는 선택의 여지 없이 각 등급에 하나밖에 없는 초식을 구매하는 방식이었다.

하지만 C급을 넘어서 B급부터는 선택의 여지가 생긴다.

[무상검법 오식(五式), 나선 찌르기.]

[무상검법 오식(五式), 풍아(風牙).]

[무상검법 오식(五式), 회천(廻天).]

'흠.'

나이젤은 눈앞에 떠오른 초식들을 바라봤다.

셋 중 하나를 선택할 수 있는 상황.

[축하합니다! 당신은 무상검법 오식(五式), 나선 찌르기(螺線衝)를 습득하셨습니다!]

[3,000전공 포인트를 소모합니다.]

'풍아나 회천도 나쁘진 않지만 나선이 더 낫지. 그리고 회천은 비슷한 기술이 투법에도 있으니까.'

나이젤은 습득할 수 있는 초식들 중에서 나선 찌르기를 선택했다.

풍아는 날카로운 바람으로 상대를 찌르는 기술이었으며, 회천은 상대의 공격을 흘린 후, 바로 공격할 수 있는 반격기였다.

그리고 나선은 강력한 돌진형 찌르기로 순식간에 상대에게 달려가 어떤 방어라도 무력화시킬 수 있었다.

'다음은……'

나이젤은 스킬창을 계속 확인하며 무상투법을 바라봤다.

무상투법 또한 검법과 마찬가지였다.

습득 비용이 3배 높아졌지만 초식 선택을 할 수 있었다.

[무상투법 오식(五式), 난격(亂擊).]

[무상투법 오식(五式), 격파(激波).]

[무상투법 오식(五式), 회류(回流).]

나이젤은 눈앞에 떠오른 무상투법 오식 초식들을 바라봤다.

이번에도 셋 중 하나를 선택해야 하는 상황.

[축하합니다! 당신은 무상투법 오식(五式), 회류(回流)를 습득하셨습니다!]

[3,000전공 포인트를 소모합니다.]

'투법 중에서는 회류가 낫지.'

나이젤은 회류를 선택했다.

난격은 뜻 그대로 상대를 난타하는 공격이었고, 격파는 상대에게 충격파를 터뜨리며 공격하는 기술이었다.

특히 격파의 경우, 고유 능력 임팩트가 있는 나이젤에게는 필요 없었다.

그렇다면 남은 건, 난격과 회류였다.

'난격도 나쁘진 않지만 회류보다는 좋지 않으니 말이야.'

회류는 상대의 공격을 피하고 바로 반격이 가능한 기술이다.

무상검법 오식들 중에서 선택할 수 있었던 회천과 비슷한 계통의 기술이라고 할 수 있었다.

그뿐만이 아니다.

'회류는 다양하게 쓸 수 있지.'

회류는 체술의 일종이었다.

그렇기에 투법은 물론 검법에도 응용해서 사용할 수 있었다.

몸을 회전시켜서 상대의 공격을 피한 후, 손이나 발 혹은 검으로 반격할 수 있었으니까.

무상검법 오식에서 회천 대신 나선 찌르기를 선택한 이유도 투법에서 회류를 습득할 생각이었기 때문이다.

'이제 남은 건……'

초식 습득을 완료한 나이젤은 스킬창을 바라봤다. 이제 숙련도가 100%인 스킬들을 승급할 차례였다.

현재 숙련도 100%인 C급 스킬들은 무상신법, 자신감 증가, 가혹한 지휘였다.

'셋 다 승급시켜야지.'

무상신법은 두말할 필요도 없고, 나머지 두 스킬도 굉장히 도움이 된다.

실제로 나이젤은 기간테스 산맥에서 일행들 몰래 두 스킬을 사용해서 사기 진작과 함께 능력치를 끌어올렸었다.

덕분에 카오스 몬스터들만 죽어나갔다. 크림슨 용병단원들은 평소보다 더 미쳐 날뛰었으니까.

[무상신법의 등급이 C에서 B로 상승하였습니다. 전공 포인트 54,000이 소모되었습니다.]
[자신감 증가의 등급이 C에서 B로 상승하였습니다. 전공 포인트 8,000이 소모되었습니다.]
[가혹한 지휘의 등급이 C에서 B로 상승하였습니다. 전공 포인트 8,000이 소모되었습니다.]

나이젤은 54,000WP를 소모해서 무상신법의 등급을 B급으로 상승시켰다.
그리고 자신감 증가와 가혹한 지휘도 B급으로 상승시키며 총 16,000전공 포인트를 소모했다.
이제 총 42,500전공 포인트가 남았다.
'A급은 언제 찍으려나.'
A급이 되면 스킬이 진화한다.
하지만 숙련도 100%를 찍는 것도 일이었고, 무엇보다 어마어마한 전공 포인트가 필요했다.
A급 스킬의 가격은 무려 243,000.
B급 스킬 가격인 81,000의 3배였다.
다행인 사실은 스킬 등급 업그레이드 비용이 A급 가격에서 B급 가격을 뺀 값이라는 사실이었다.
그렇다고는 해도 B급에서 A급으로 업그레이드를 하려면 무려

162,000전공 포인트가 필요했다.

'계속 생각하는 거지만 진짜 미쳤네.'

16만 2천 전공 포인트라니.

그 때문에 트리플 킹덤 게임 유저들은 어지간해서는 무공 스킬을 사용하지 않았다.

유저들이 플레이하는 군주 캐릭터에 비싼 무공 스킬을 사용하는 것보다 실력 좋은 무장들을 여럿 모아서 호위를 시키는 편이 나았으니까.

하지만 그건 게임이었을 때 이야기고, 지금 나이젤에게는 이곳이 현실이었다.

아무리 무장들을 모아서 호위를 삼는다고 해도 무슨 일이 생길지 장담할 수 없었다.

갑작스러운 상황으로 호위들과 떨어질 수도 있고, 호위들이 도망가는 사태가 일어날 수도 있지 않은가?

그러니 본인 스스로가 강해지는 편이 훨씬 나았다.

거기다 이 세계는 약육강식이 당연하다고 생각하는 세상이었으니까.

'일단 정리는 끝났네.'

메시지 로그들을 확인하고 스킬 관리를 끝낸 나이젤은 다시 침대에 등을 기대며 드러누웠다.

처음으로 차원 관리국의 관리자 레나엘과 대화를 나누고 스킬 및 보상들을 확인한 나이젤은 긴장이 풀리자 졸음이 몰려왔다.

'이제 좀 쉬자.

그리고 다시 아리아와 카테리나의 손을 슬머시 잡으며 나이젤은 눈을 감았다.

*　　　*　　　*

다음 날.

병실에서 눈을 뜬 나이젤을 기다리고 있던 건, 아리아와 카테리나의 걱정 어린 설교였다.

기간테스 산맥을 떠날 때 걱정하지 말라고 했었는데, 노팅힐 영지에서 돌아오고 나서 3일 동안 정신을 잃고 있었으니 말이다.

그녀들의 설교에 나이젤은 입이 열 개라도 할 말이 없었다. 전부 자신이 걱정되어서 하는 말들이었으니까.

그 후, 그녀들은 나이젤에게 다른 짓 하지 말고 쉬라는 말과 함께 병실을 나갔다.

나이젤이 다시 정신을 차렸으며, 그녀들도 노팅힐 영지에서 해야 할 일들이 있었기 때문이다.

그렇게 그녀들이 떠나간 후, 얼마 지나지 않아 뜻밖의 인물이 찾아왔다.

"몸은 좀 어떻습니까? 나이젤 백부장님."

팬드래건 백작가에 있던 제임스가 나이젤이 있는 병실에 찾아온 것이다.

"제임스? 언제 돌아온 거야?"

"어제 돌아왔습니다."

"벌써?"

"예."

나이젤의 말에 대답하는 제임스의 얼굴은 피곤해 보였다.

최대한 빨리 노팅힐 영지로 돌아오기 위해 무리를 했기 때문이다.

거의 밤낮을 가리지 않고 나이젤이 호위로 붙인 크림슨 용병단원 데인과 함께 말을 달렸다. 나이젤에게 알려야 할 중요한 정보가 있었으니까.

"백작가에서 무슨 일 있었나?"

"그것도 있지만 지금 백작가가 문제가 아닙니다."

"그럼?"

나이젤은 의아한 표정으로 반문했다.

"아직 이야기를 못 들으셨나 보군요. 며칠 전에 황제께서 병사했다는 소식이 제국 전체에 퍼지고 있는 중입니다."

"뭐?"

나이젤은 흠칫 놀랐다.

황제가 병사했다는 소식은 처음 들었으니까.

"아리아나 카테리나는 왜 말을 안 해준 거야? 설마 모르고 있던 건가?"

황제의 병사 사실은 대사건이라고 해도 과언이 아니었다.

그런데 그걸 말해주지 않다니.

"아뇨. 아마 알고 있을 겁니다. 일부러 말해주지 않았겠죠."

"역시 그렇겠지?"

"네."

고개를 끄덕이며 대답하는 제임스의 말에 나이젤은 혀를 찼다.

아마 자신이 걱정되어서 말해주지 않았을 것이다.

그녀들의 입장에서는 나이젤이 3일간 사경을 헤매다가 이제 막 눈을 뜬 셈이었으니까.

아무 걱정 없이 푹 쉬었으면 하는 바람이 있었을 테지.

'그나저나 이거 게임보다 시기가 더 빠른 거 같은데……'

나이젤은 속으로 눈살을 찌푸렸다.

첫 번째 에피소드 몬스터 플러드가 막바지에 다다를 때쯤, 슈테른 제국의 프리드리히 황제가 병사한다.

그로 인해 제국은 이등분이 되어 내전이 시작된다.

1황자를 밀고 있는 오스마이어 공작과 2황자를 밀고 있는 프리츠 공작이 본격적으로 맞부딪치기 때문이다.

'이 부분이 삼국지와는 좀 다르지. 십상시들이 나오질 않으니까.'

삼국지에서는 영제가 병상에 누워 있는 동안 십상시라 불리는 환관들이 활개를 치고 있었다.

그러다 영제가 세상을 떠난 후, 하황후의 남동생인 대장군 하진은 영제의 장남 유변을 밀었다.

유변이 하황후의 아이였기 때문이다.

그에 반해 조정의 권력을 잡은 십상시들은 왕미인과 영제 사이에 태어난 차남인 유협을 밀었다.

당연히 두 세력은 대립이 심해져 갔으며, 하진은 유변을 즉위시킨다.

이에 십상시들이 극렬하게 반발을 하자 하진은 그들을 무력으로 제압하기 위해 동탁을 비롯한 왕광, 포신, 원술 등등 여러 외부 군벌들을 수도 낙양으로 불러들이는 짓을 하고야 만다.

하지만 십상시들의 계략에 걸려든 하진은 어이없게 사망하게 되고, 낙양에 도착한 동탁은 혼란을 틈타 유변과 유협을 구출한다.

이후 동탁은 여포를 품에 넣고, 여러 지략을 써서 수도의 군사권까지 수중에 넣는다.

그리고 소제인 유변을 폐위시켜 버리고, 동생인 유협을 황제의 자리에 즉위시킨다.

유변과 유협 모두 나이가 열 살이 조금 넘을 정도인 어린아이들이었으니까.

그렇게 동탁은 독재정권을 구축하고 조정의 실권을 손에 넣게 되는 것이다.

그 후, 동탁의 공포정치에 반발한 무장들과 군벌들이 들고 일어나게 되면서 원소를 중심으로 반동탁 연합이 결성된다. 바야흐로 동탁 토벌전이 시작되는 것이다.

'하지만 트리플 킹덤 게임은 다르지.'

트리플 킹덤 게임에서는 이미 예전부터 프리츠 공작 세력과 오스마이어 공작 세력이 제국 수도에서 대립하고 있는 상황이었다.

그런 상황에서 프리드리히 황제가 병사하면 어떻게 될까?

'프리츠 공작이 가만히 있지 않겠지.'

이미 1황자인 페르젠은 황태자로 책봉되어 있는 상황이었고,

황제가 병사하면 자연스럽게 즉위할 것이다.

그러니 프리츠 공작이 가만히 있지 않을 터.

삼국지와 마찬가지로 1황자와 2황자는 모두 열한두 살 정도로 나이가 어리다.

프리츠 공작은 어떻게든 나이 어린 2황자를 황제로 즉위시켜서 섭정 노릇을 할 생각이었다.

그래야 제국의 실권을 장악할 수 있을 테니까.

'제국 수도의 군사권도 말이지.'

슈테른 제국의 수도, 발할라.

수도 발할라를 지키는 방위 세력은 크게 두 가지가 있다.

하나는 황실 근위 기사단, 슈바르처 리터(Schwarz Ritter).

그야말로 괴물 같은 무장들이 모여 있는 제국 기사단이다.

칠흑같이 새까만 갑주로 무장하는 특징이 있으며, 전원이 마도 전투 장갑복, 헤카톤케일의 소유자들이었다. 그리고 슈바르처 리터는 주로 제국 궁의 방어를 담당하며, 유사시에 병사들을 통솔하는 권한을 갖는다.

다른 하나는 수도 방위 군단, 아인헤랴르(Einherier).

제국 정예 병사들로 이루어져 있으며 수도의 방어와 치안을 담당한다.

방위 군단인 아인헤랴르는 수도 방어의 핵심이기도 했다.

그리고 황실 근위 기사단, 슈바르처 리터와 수도 방위 군단, 아인헤랴르는 슈테른 제국 황제의 직속부대였다.

그 때문에 프리츠 공작은 제2황자를 내세워서 제국 수도의 군사권을 수중에 넣을 생각일 터.

제국 수도의 군사권은 귀족들이 절대 무시할 수 없을 정도로 강대한 세력이었으니까.

"그래서 지금 수도 상황은 어떻지?"

프리드리히 황제가 병사했다면 지금 수도 발할라는 혼란스러운 상황에 처해 있을 게 틀림없었다.

당장 프리츠 공작과 오스마이어 공작이 수도 발할라에서 치열하게 물밑 암투를 벌이고 있을 테니 말이다.

"그게……"

나이젤의 질문에 제임스의 얼굴이 급속도로 어두워져 갔다.

"왜? 무슨 일 있어?"

그 모습에 나이젤은 의아한 얼굴로 물었다.

그러자 제임스는 청천벽력 같은 소식을 전했다.

"프리츠 공작이 반란을 일으켰습니다."

"뭐?"

믿을 수 없는 제임스의 말에 나이젤은 경악했다.

"그게 대체 무슨 소리야?"

"말 그대로입니다. 프리츠 공작이 자기가 제국의 황제가 되겠다고 공언했답니다."

"뭐?"

프리츠 공작이 황제가 되겠다니?

트리플 킹덤을 플레이하면서 한 번도 없었던 일이었다.

"그럼 황자들은? 아니, 그보다 대체 무슨 수로 프리츠 공작이 황제가 되겠다는 거지? 슈바르처 리터와 아인헤랴르가 가만히 있지 않을 텐데."

프리츠 공작이 반란을 일으켰다는 것은 즉, 수도 발할라에서 황족들을 지키는 방위 군단과 한바탕하고 있다는 소리였다.

당연한 소리겠지만, 수도 방위 군단의 군사력은 어마어마하다.

사실상 황족 직속 군대였으니까.

일반 귀족들의 사설 부대와 규모가 달랐다.

'아무리 프리츠 공작이라고 해도 황제군의 상대는 못 될 텐데.'

거기에 오스마이어 공작이 키운 기사들과 병사들도 있을 터.

"그게, 프리츠 공작 측의 병사들이 굉장히 강하답니다. 어지간한 기사들 수준으로요. 그리고 이건 아직 잘 알려지지 않은 정보인데 프리츠 공작 쪽이 신형 헤카톤케일을 사용하고 있다는 소리도 있습니다."

"뭐라고?"

제임스의 대답에 나이젤은 눈살을 찌푸렸다.

기사급으로 강한 병사들과 신형 헤카톤케일이라니?

'설마?'

문득 나이젤은 우드빌 영지에서 만났던 제론이 떠올랐다.

제론은 윌버 영지에서 마법사들이 사용할 수 있는 신형 헤카톤케일을 개발하고 있었으니까.

거기다 프리츠 공작의 심복이기도 했으니 말이다.

"혹시 신형 헤카톤케일이라는 게 코트나 재킷, 혹은 로브 형태인 거 아니야?"

"어떻게 아셨습니까?"

나이젤의 말에 제임스는 살짝 놀란 표정을 지었다.

설마 기간테스 산맥에 갔다가 지금까지 정신을 잃고 있었던 나이젤이 알고 있을 줄은 몰랐으니까.

그리고 신형 헤카톤케일이 전형적인 기사들의 갑주 형태가 아니라는 사실은 아직 그다지 알려지지 않은 정보였다.

"마법사 전용 마도 전투복 헤카테인가……."

"알고 계셨습니까?"

나이젤의 말에 제임스는 놀란 표정을 지으며 반문했다.

그런 제임스에게 나이젤은 씁쓸한 목소리로 입을 열었다.

"월버 영지에서 프로토타입을 봤었거든."

그때 만약 증거가 남아 있었다면 프리츠 공작을 몰아세울 수 있었을 것이다.

하지만 제론은 용의주도했다.

이미 모든 자료들을 폐기시키거나 혹은 다른 곳으로 옮겨놓았으니까.

거기다 제론은 자폭을 하면서 자기 자신과 헤카테까지 증발시켜 버렸다.

헤카테뿐만이 아니라 프리츠 공작과 관련되어 있다는 모든 증거를 없애 버린 것이다.

"지금 그래서 황제군이 고전 중이랍니다. 오스마이어 공작 측도 힘든 상황이라고 하더군요."

"흠."

나이젤은 팔짱을 끼며 생각에 잠겼다. 게임과 다른 전개 상황.

설마 프리츠 공작이 이렇게 용의주도한 준비를 해놓고, 반란을 일으킬 거라고는 상상도 하지 못했다.

트리플 킹덤 게임 시나리오대로라면 오스마이어 공작과 암투에서 승리하고 2황자를 황제로 즉위시켰을 것이다.

그래야 황제 직속 병력인 근위 기사단 슈바르처 리터와 아인헤랴르를 손에 넣을 수 있으니까.

그리고 패배한 오스마이어 공작은 수도를 떠나 자신을 따르는 귀족들을 모아서 프리츠 공작을 토벌할 전력을 갖춘다.

그런데 황제군과 적대까지 하면서 프리츠 공작이 모반을 일으킬 줄이야.

거기다 황제군과 오스마이어 공작을 상대로 우위를 점하고 있다는 게 아닌가?

'대체 뭐가 어떻게 돌아가는 건지.'

"그래서 팬드래건 백작가는 어떻게 하고 있지?"

"그게……."

나이젤의 질문에 제임스는 난처한 표정을 지었다.

"얼마 전에 아이리 아가씨를 해하려고 한 범인을 잡았습니다."

"벌써?"

나이젤은 살짝 놀랐다.

설마 이렇게 빨리 범인을 잡았을 줄은 몰랐으니까.

조금 더 시간이 걸릴 줄 알았다.

"역시 그림자 늑대들이라 그런지 굉장히 유능하더군요. 하지만 문제가 하나 있었습니다."

"문제? 뭔데?"

"범인 뒤에 프리츠 공작이 있었습니다."

"프리츠 공작이 있었다고?"

나이젤은 고개를 절레절레 흔들었다.

설마 또 프리츠 공작이 배후로 있을 줄이야.

이젠 놀랍지도 않았다.

'그렇다는 건 꽤 오래전부터 준비를 해왔다는 말인데.'

노팅힐 영지의 뒷세계 조직 황색단의 엔젤 더스트 사건을 시작으로, 윌버 영지의 헤카테와 팬드래건 백작가의 아이리까지.

그 외에 오스마이어 공작을 따르는 귀족들을 상대로 방해 공작과 견제도 해오고 있었다.

나이젤은 엔젤 더스트 사건이 끝난 뒤, 프리츠 공작의 눈이 노팅힐 영지로 향하지 못하게 만들었다.

프리츠 공작이 다른 귀족들의 영지에 방해 공작을 해오고 있다면서 소문을 흘린 것이다.

덕분에 프리츠 공작은 뒷수습을 하느라 노팅힐 영지에 관해 더 이상 신경 쓰지 못했다.

"설마 팬드래건 백작가도 노리고 있었을 줄이야."

용인족의 후예인 팬드래건 백작가.

팬드래건 백작가는 오스마이어 공작가를 따르는 귀족들 중에서 세력이 큰 편이었다.

거기다 트리플 킹덤 게임, 프리츠 공작 토벌전에서 팬드래건 백작가는 큰 활약을 한다.

프리츠 공작을 몰아붙이니까.

그것도 여포라고 할 수 있는 라그나 로드브로크가 이끄는 크림슨 용병단을 상대로 말이다.

"그래서 알타이르 백작님이 자기가 직접 프리츠 공작의 목을 따버리겠다고 난리도 아니었죠."

그 당시 상황이 떠올랐는지 제임스는 질린 표정을 지으며 고개를 흔들었다.

그때 알타이르 백작을 말리느라 팬드래건 백작가의 가신들은 진땀을 뺐었다.

그만큼 알타이르 백작은 하나밖에 없는 딸을 건드린 프리츠 공작에게 분노하고 있었다.

"하, 직접 목을 따겠다니."

나이젤 또한 제임스처럼 질린 표정을 지으며 고개를 흔들었다.

카리스마가 넘치는 고귀한 귀부인 같던 알타이르 팬드래건 백작.

거기다 그녀는 용인족의 피를 잇고 있는 덕분에 상당히 강한 존재이기도 했다.

정말로 그녀라면 직접 프리츠 공작의 목을 따러 갈지도 몰랐다.

그런 그녀의 분노를 받는다니.

'나는 절대 받고 싶지가 않네.'

총애라면 모를까.

"그래서 제임스 외교관, 급하게 돌아온 이유가 뭐야?"

나이젤은 물끄러미 제임스를 바라봤다. 제임스가 급하게 노팅힐 영지로 돌아온 이유는 제국 수도의 상황과 팬드래건 백작가에서 있었던 일들을 전하기 위함이었다.

하지만 그뿐만이 아니었다.

그런 정보라면 굳이 제임스가 아니더라도 조만간 얻을 수 있으니까.

그리고 무엇보다 나이젤의 말에 제임스의 표정이 진지하게 변해 있었다.

"알타이르 백작님께서 보내신 전언이 있습니다."

"뭔데?"

"프리츠 공작을 암살하겠답니다."

"결국 목을 따겠다는 거네."

"그렇죠."

"하."

나이젤은 한숨을 내쉬며 고개를 절레절레 흔들었다.

그나마 알타이르 백작이 직접 프리츠 공작의 목을 따러 간다고 하지 않아서 다행이었다.

하지만 알타이르 백작이 직접 손을 쓰지 않을 뿐, 결과적으로 프리츠 공작의 목을 따겠다는 사실은 변하지 않았다.

"그래서 나이젤 백부장님에게 이제 어떻게 할 건지 물어보라 하셨습니다."

"흠."

나이젤은 생각에 잠겼다.

트리플 킹덤 게임과 다르게 상황이 전개되고 있었으며, 지금 수도는 상황이 꽤 긴박하게 돌아가고 있는 것 같았다.

'지금 이 상황을 빠르게 정리하려면 역시……'

프리츠 공작을 토벌해야 한다.

결국 알타이르 백작의 계획이 가장 베스트였다.

현재 제국 수도 발할라에서 일어나고 있는 모든 일의 원흉은 프리츠 공작이었으니까.

"다리안 영주님은?

"간부들과 모여서 대책 회의 중입니다."

"그래?"

나이젤은 팔짱을 끼며 다시 생각에 잠기기 시작했다.

노팅힐 같은 변경 영지는 보통 수도에서 무슨 일이 일어나도 영향을 받지 않는다.

아무도 변경 영지에 신경을 쓰지 않는 데다가, 무엇보다 무능한 다리안 영주가 다스리고 있으니 말이다.

하지만 몬스터 플러드의 영향으로 슈테른 제국의 변경 영지들이 막대한 피해를 입었다.

그런 상황에서 노팅힐 영지는 오히려 눈부신 발전을 이루어냈다.

또한 난민들을 받아들이면서 영지 규모도 제법 커졌다.

수도에 있는 귀족들이 노팅힐 영지에 대해 조금씩 관심을 가지고 있어도 이상하지 않았다.

'그래서 팬드래건 백작가와 손을 잡았지.'

팬드래건 백작가를 방패로 중앙 귀족들의 간섭을 막을 생각이었다.

하지만 그보다 더 큰 문제가 있었다.

'문제는 지금 프리츠 공작이 반란을 일으켰다는 건데.'

황실에 대한 프리츠 공작의 반란.

제국 수도에서 1황자파와 2황자파가 나뉘어져서 암투를 벌이고 있는 것이라면, 노팅힐 영지는 중립을 지키고 있어도 상관이 없었다.

설령 중앙 귀족들이 간섭을 해온다고 해도, 변경이라는 지리적 이점을 살리고 팬드래건 백작가를 팔면서 중립의 위치를 고수할 수 있었다.

하지만 프리츠 공작이 대놓고 슈테른 제국에 반기를 든 이상 양자택일의 기로에 설 수밖에 없었다.

프리츠 공작의 편에 설 것인가?

아니면 제국 편에 설 것인가?

"굳이 회의까지 할 필요는 없을 거 같은데."

아마 다리안 영주를 비롯한 가리안 백부장이나, 해리, 루크, 아세라드 등등 그 외 간부들은 현재 제국 상황이 어떻게 될지 불안했기에 회의를 하고 있을 것이다.

"그 말씀은?"

"우리는 제국 측, 아니, 오스마이어 공작 쪽에 붙는다."

오스마이어 폰 로이엔탈 공작.

삼국지로 치면 원소에 해당하는 인물이다. 동탁 토벌전에서 원소 측 진영의 인물들은 공손찬, 조조, 유비, 손견 등등이 있다.

그건 트리플 킹덤 게임에서도 마찬가지.

오스마이어 공작 진영에도 그에 해당하는 인물들이 붙어 있었다.

당장 손견에 해당하는 알타이르 백작도 오스마이어 공작 진영에 있으니 말이다.

'그리고 프리츠 공작 쪽에는 절대 붙고 싶지도 않아.'

나이젤은 속으로 눈살을 찌푸렸다.

프리츠 공작의 부하 중 하나인 테오도르가 노팅힐 영지에서 한 짓거리가 떠올랐기 때문이다.

감히 노팅힐 영지의 아이들을 희생시키고, 아리아를 이용해서 엔젤 더스트라는 각성제를 만들고 있었으니까.

그렇기에 프리츠 공작은 나이젤 입장에서도 용서할 수 없는 적이었다.

'아리아도 싫어하고 있으니.'

특히 아이들을 희생시킨 테오도르의 만행에 아리아는 분노했다.

그리고 그 분노는 고스란히 테오도르의 흑막인 프리츠 공작을 향해 있었다. 알타이르 백작과 아리아의 분노를 받고 있는 인물이라니!

그녀들에게서 튀는 불똥만으로도 충분히 두려울 정도였다.

"그럼 이제 어떻게 하실 생각입니까?"

"글쎄……."

제임스의 말에 나이젤은 다시 생각에 잠겼다.

그 순간, 나이젤의 눈앞에 시스템 메시지가 떠올랐다.

[첫 번째 에피소드 미션, 라스트 추가 확장판 모드가 진행됩니다.]

'응? 이건 또 무슨 소리야?'

추가 확장판이라니?

확실히 트리플 킹덤 게임에서도 프리츠 공작을 토벌하는 에피소드가 존재했다.

첫 번째 에피소드의 핵심이라고 할 수 있는 대륙 각지의 몬스터들의 토벌이 끝날 때쯤, 황제가 병사하면서 프리츠 공작이 2황자를 내세우며 본격적으로 오스마이어 공작과 대립하게 된다.

그때부터 프리츠 공작 토벌전이 시작되는 것이다.

사실상 첫 번째 에피소드 몬스터 플러드의 마지막 퀘스트였다.

프리츠 공작 토벌전이 끝나면, 두 번째 에피소드, 프론트 라인이 시작되니까.

두 번째 에피소드 프론트 라인은 삼국지로 치면 군웅들이 할거하는 난세의 시작이라고 할 수 있었다.

그런데.

'추가 확장판이라고?'

첫 번째 에피소드에서 추가 확장판이라는 건 없었다.

그렇다면 이유는 한 가지.

'프리츠 공작이 반란을 일으켰기 때문인가?'

그렇게밖에 생각할 수 없었다.

트리플 킹덤 게임에서는 없었던 일이었으니까.

그 때문에 추가 확장판이라는 형태로 나타난 모양.

'진짜 이 세계가 뭔지 알려면 빨리 강해지든가 해야지, 원.'

적어도 마스터급인 명장까지는 강해질 생각이었다.

그래야 이 세계에 대한 정보를 적게나마 레나엘에게서 뜯어낼 수 있을 테니까.

"일단……."

대충 머릿속을 정리한 나이젤은 이제 무엇을 해야 할지 결정을 내렸다.

"회의실부터 가자."

                    *   *   *

그날, 아침에 정신을 차린 나이젤은 영주성 회의실을 방문하고 기본 행동 지침을 내렸다.

노팅힐 남작가는 오스마이어 공작 진영에 가담하는 걸로 말이다.

그리고 그에 따른 대책으로 나이젤은 딱 한마디만 했다.

"프리츠 공작의 목을 따러 갑니다."

"……!"

"그게 무슨……."

회의실에 모여 있던 노팅힐 영지의 간부들은 경악한 표정으로 나이젤을 바라봤다.

지금 회의실에는 다리안 영주, 가리안 백부장, 해리, 루크, 아세라드, 라그나, 아리아, 카테리나, 다니엘, 울라프가 참석해 있었다.

"대체 누가 어떻게 프리츠 공작의 목을 따러 간다는 말입니까?"

놀라고 있는 간부들 중에서 해리가 말도 안 된다는 얼굴로 말했다.

"내가 따러 갈 겁니다."

"백부장님이 말입니까?"

나이젤의 대답에 루크가 눈을 동그랗게 뜨며 반문했다.

"아니, 왜 또 자네가 간다고 그러나? 어딜 또 다쳐서 오려고⋯⋯."

그리고 이번에는 다리안 영주가 놀란 얼굴로 질문을 던져왔다.

"맞아요!"

"또 다쳐서 오면 가만히 있지 않을 거예요."

다리안 영주의 말에 맞장구를 치며 카테리나와 아리아가 나이젤을 지그시 바라봤다.

그들의 모습에 나이젤은 불만족스러운 표정으로 입을 열었다.

"아니, 왜 다쳐서 오는 게 기본 전제입니까?"

"매번 그래 왔으니까."

다리안 영주가 고개를 끄덕이며 말하자 회의실에 모여 있는 간부들 모두 고개를 끄덕이며 동의했다.

"⋯⋯."

그들의 태도와 행동이 마음에 들진 않았지만 나이젤은 할 말이 없었다.

맞는 말이었으니까.

"아무튼 다들 지금 수도에서 일어나고 있는 일들은 알고 있겠죠?"

"물론 알고 있네."

다리안 영주를 비롯한 가리안 백부장과 라그나, 아세라드는 고개를 끄덕이며 긍정했다.

"이번 사태를 일으킨 인물은 프리츠 공작입니다. 아니, 그 이전부터 프리츠 공작은 반란을 준비해 왔습니다."

나이젤은 회의실에 모인 간부들에게 프리츠 공작이 지금까지 해왔던 일들을 이야기하기 시작했다.

노팅힐 영지에서 황색단이 준비하고 있던 엔젤 더스트 사건부터, 윌버 영지의 헤카테까지 이미 알고 있던 사실들을 되짚으면서 하나 더 덧붙였다.

조금 전 알게 된 팬드래건 백작가의 아이리 중독 사건에도 프리츠 공작이 관여되어 있었다고 말이다.

"그런 일이 있었단 말인가?"

나이젤의 이야기에 다들 놀란 표정을 지어 보였다.

설마 팬드래건 백작가에까지 프리츠 공작이 손을 뻗치고 있을 줄은 아무도 몰랐으니까.

"또 어린아이를……."

특히 아리아는 이를 악물며 손을 떨었다.

노팅힐 영지의 고아들뿐만이 아니라, 아직 나이가 열 살 정도밖에 되지 않은 아이리까지 중독시켜서 이용하려 했을 줄이야.

"아마 프리츠 공작의 목적은 팬드래건 백작가를 한번 흔들어 보려고 한 것이겠군요."

나이젤의 이야기에 아세라드가 고개를 끄덕이며 자기 생각을 말했다.

그리고 아세라드의 말은 정답이었다.

프리츠 공작은 팬드래건 백작가를 견제하기 위해 아이리를 중독시켰으니까.

어디 그뿐인가?

독으로 용인족을 죽일 수 있을지 없을지 아이리를 대상으로 그 실험도 겸한 것이다.

즉, 용인족을 죽일 수 있는 독을 개발하고 있었다는 소리였다.

"아마 그럴 겁니다. 그 외에도 프리츠 공작이 오스마이어 공작 진영에 속해 있는 귀족들을 상대로 방해 공작이나 견제를 한 정황들이 있습니다."

나이젤은 회의실에 있는 모두에게 존대를 하며 이야기를 했다.

나이젤뿐만이 아니라 다리안 영주나 가리안 백부장을 빼고 이 자리에 있는 모두는 존대가 기본이었다.

회의실은 공식 석상이었으니까.

"이미 예전부터 반란을 준비해 왔다니……."

나이젤의 설명에 다리안 영주는 놀라 하면서 두려운 표정을 지었다.

다리안 영주의 심성으로는 반란 같은 건 상상도 못 할 테니까.

"그래서 결론은?"

이번에는 가만히 팔짱을 낀 채로 서 있던 라그나가 나직한 목소리로 물었다.

"이번 내란의 중심은 프리츠 공작입니다. 만약 프리츠 공작이 없어지면 어떻게 될 것 같습니까?"

"바로 종결이군요."

나이젤의 말에 해리가 고개를 끄덕이며 수긍했다.

"그래서 프리츠 공작의 목을 따러 갈 겁니다."

결국 알타이르 백작이 맞았다.

무슨 수를 쓰든 간에 프리츠 공작의 목을 따야 이번 내란이 잠잠해지니까.

'몇 가지 마음에 걸리는 부분이 있긴 하지만…….'

나이젤은 물끄러미 아세라드와 대화를 나누고 있는 라그나를 바라봤다.

본래대로라면 지금쯤 라그나가 이끄는 크림슨 용병단은 프리츠 공작과 교섭을 벌이고 있을 것이다.

삼국지에서 여포가 동탁의 휘하로 들어간 것처럼, 트리플 킹덤 게임에서도 라그나와 프리츠 공작은 서로 손을 잡는 관계였으니까.

하지만 프리츠 공작보다 먼저 나이젤이 선수를 친 덕분에 라그나는 노팅힐 영지로 들어왔다.

비록 1년간 계약을 맺은 관계였지만, 사실상 라그나의 크림슨 용병단은 노팅힐 영지 소속이 되었다고 해도 과언이 아니었다.

계약기간 동안 확실하게 크림슨 용병단을 노팅힐 영지로 소속되게 만들 생각이었으니까.

그래서 지금도, 그리고 앞으로도 계속 나이젤은 크림슨 용병단원들을 꼬시고 있는 중이었다.

"그럼 앞으로 어떻게 할 생각인가?"

이번에는 묵묵히 이야기를 듣고 있던 가리안 백부장이 입을 열었다.

"일단 팬드래건 백작가와 관계를 공고히 다질 겁니다. 그리고……"

나이젤은 회의실에 모여 있는 인물들을 돌아보며 말했다.

"우리는 오스마이어 공작 진영에 붙습니다."

앞으로 어떻게 할 것인지 대책 회의를 굳이 길게 진행할 필요는 없었다.

결국 오스마이어 공작 진영에 붙어서 프리츠 공작을 토벌하는 방법밖에 남아 있지 않았으니까.

Chapter

5

다음 날.

나이젤은 노팅힐 영지를 나섰다.

노팅힐 영지의 방침은 전날 회의에서 오스마이어 공작 진영에 붙는 걸로 최종 결정이 났다.

그래서 오늘 바로 팬드래건 백작가에 가기로 한 것이다.

'팬드래건 백작가라면 수도 상황에 대해서 잘 알고 있겠지.'

제임스가 가지고 온 정보도 이미 며칠 정도 늦어 있었다.

최신 정보를 빠르게 얻기 위해서라도 팬드래건 백작가에 직접 가는 편이 나았다.

그리고 이미 브로드 일행들은 나이젤이 정신을 잃고 있을 때, 팬드래건 백작가로 떠났다.

노팅힐 영지로 돌아오고 나서 수도 발할라에 대한 상황과 아이리가 독살당할 뻔했다는 소식을 전해 들었기 때문이다.

그래서 나이젤이 깨어나기도 전에 양해를 구하고 팬드래건 백작가로 돌아갔다. 정말 면목이 없다고 고개까지 숙이면서.

그리고 나이젤이 깨어나거나, 혹은 노팅힐 영지에서 무슨 일이 생기면 팬드래건 백작가에 도움을 요청하라고 다리안 영주에게 신신당부까지 했다.

나이젤과 노팅힐 영지의 협조 덕분에 자신들이 기간테스 산맥에서 살아 돌아왔다는 사실을 알고 있었으니까.

"그럼 우리 나이젤 백부장 좀 다치지 않게 부탁하네."

영주성 앞에서 다리안 영주가 걱정스러운 얼굴로 일행들을 바라보며 입을 열었다.

"걱정하지 마십시오. 이번에는 책임지고 무사히 데리고 돌아오겠습니다."

"이번에는 저도 가니까 너무 걱정하지 마세요, 영주님."

"무리하지 못하도록 강력한 조치를 취하도록 하겠습니다."

다리안 영주의 말에 라그나와 카테리나, 다니엘이 결연한 각오를 한 표정으로 대답했다.

그건 다른 크림슨 용병단원들도 마찬가지였다.

카테리나를 제외하고 라그나와 다니엘을 비롯한 크림슨 용병단원들은 기간테스 산맥에서 나이젤이 다치는 걸 막지 못했었으니 말이다.

'뭐지? 누가 보면 내가 어디 가서 맞고 다니는 줄 알겠네.'

다만, 그런 그들의 모습에 나이젤은 기가 찰 뿐이었다.

"아, 참. 나이젤 백부장."

"네."

갑자기 자신을 부르는 다리안 영주의 목소리에 나이젤은 그를 바라봤다.

"내가 전에 선물을 주겠다고 한 것 기억하나?"

"네."

나이젤은 고개를 끄덕였다.

확실히 카오스 몬스터들의 위협이 끝나면 깜짝선물을 준다니 어쩐다니 했었다.

"유감스럽지만 조금 더 시간이 걸릴 것 같네. 시국이 시국인지라."

다리안 영주는 아쉬운 표정으로 말했다. 원래 계획은 카오스 몬스터들의 위협이 끝나면 바로 나이젤에게 선물을 하나 줄 생각이었다.

하지만 공교롭게도 황제가 병사하고, 프리츠 공작이 내란을 일으키게 되면서 계획에 차질이 생겼다.

선물을 주기에 상황이 썩 좋지 않았기 때문이다.

"괜찮습니다. 급할 게 뭐 있나요?"

나이젤은 웃으며 답했다.

어차피 노팅힐 영지에 묶여 버린 몸.

시간은 많았다.

다리안 영주가 준비한 선물이 뭔지는 모르겠지만 조금 더 늦어진다고 해도 별 상관 없었다.

"이번 내란이 끝나면 주도록 하겠네."

"네."

나이젤은 고개를 끄덕였다.

"그럼 조심해서 다녀오게."

영주성 앞에서 다리안 영주가 걱정스러운 얼굴로 말했다.

"네. 걱정하지 마세요."

나이젤은 걱정하는 다리안 영주에게 미소를 지으며 답한 후 몸을 돌렸다.

그렇게 나이젤은 노팅힐 영지의 소수 정예들을 이끌고 팬드래건 백작가로 향했다.

*　　　　　*　　　　　*

끼야아아아아!

드넓은 창공에서 알파가 환호성을 지르듯 포효하며 질주하고 있었다. 그리고 그 뒤를 알렉세이가 뒤따랐다.

나머지 일행들은 지상에서 말을 타고 달리는 중이었다.

'예상보다 빨리 도착하겠군.'

나이젤은 이번에도 일행을 소수 정예로 꾸렸다. 어차피 인원이 많아봐야 도움이 되지 않으니까.

그래서 브로드 일행을 구하기 위해 기간테스 산맥에 갔던 인원에서 카테리나만 추가로 붙였다.

나머지 아리아나 딜런, 아세라드 등등은 노팅힐 영지 방어를 위해 남겨두었다.

'당분간 노팅힐 영지의 방비는 걱정하지 않아도 되겠지.'

현재 주력이라고 할 수 있는 카오스 마족들이 이끄는 정찰대는 괴멸시켰다.

하지만 아직 카오스 몬스터들은 대륙 남부 쪽에 상당수 몰려 있었다.

그나마 다행인 건 제대로 통솔이 되지 않아 야생화가 되어 있다는 사실이었다.

그 덕분에 카오스 몬스터들의 위협은 많이 줄어들었다고 볼 수 있었다.

적어도 이전처럼 다른 영지들을 체계적으로 습격하는 일은 없을 테니까.

'설령 쳐들어와도 상관없겠지만.'

나이젤은 작은 미소를 지었다.

지금까지 나이젤이 주력으로 해온 일은 다름 아닌 노팅힐 영지의 성채 도시를 요새화시키는 일이었다.

그리고 그 일은 거의 완료가 되어가고 있는 중이었다.

[영지 미션의 외벽 강화를 완료하면 다음 단계 강화를 진행할 수 있습니다.]

[영지 미션: 외벽을 강화하십시오.]

당신은 허술한 영주성의 성벽과 성채 도시 외벽 보수를 완료하였습니다.

이제 보수가 끝난 성채 도시 외벽을 강화하고 요새화시키십시오.

진행 사항(1): 외벽 강화(90%/100%).

진생 사항(2): 아쳐 타워(30/30), 발리스타(12/12), 자동 석궁 발사기(30/30)

난이도: D.

보상: 2,000전공 포인트.

'앞으로 10%.'

외벽에 타워를 설치하는 일은 이미 완료가 되어 있었다.

나이젤이 타워 설치를 중점적으로 하라고 울라프에게 말했기 때문이다.

그리고 애초에 외벽 자체 강화는 시간이 오래 걸리는 일이기도 했다.

어쨌든 남은 10%만 더 채우면, 다음 단계 강화를 할 수 있게 된다.

즉, 2단계 강화가 가능해지게 되면서 현재보다 외벽을 더욱더 강화시킬 수 있게 되며, 타워의 종류와 개수도 늘릴 수 있게 된다는 소리였다.

'영지군 병사들도 제법 쓸 만해졌으니 이제 어지간한 카오스 몬스터들의 공세 정도는 막을 수 있지.'

카오스 마족들 정도 되는 강한 개체가 없다면, 외벽 타워와 영지군 병사들만으로도 충분히 카오스 몬스터들을 막아낼 수 있었다.

딜런을 시작으로 노팅힐 영지군 병사들의 실력이 전반적으로 상승해 있었으니까.

거기다 아리아까지 있으니 더욱더 걱정할 필요가 없었다.

'그런데 설마 크랄과 그라드가 죽어버릴 줄은……'

문득 생각난 사실에 나이젤은 아쉬운 표정을 지었다.

어제 회의가 끝나고 지하 감옥에 감금해 두고 있던 크랄과 그라드가 돌연사했다는 사실을 알게 되었다.

그들의 사망 시각은 공교롭게도 파일런이 자폭했을 때와 거의 비슷했다.

아무래도 파일런이 지휘관에 해당하는 마족들에게 수를 써둔 모양.

파일런이 사망하면 다른 지휘관들도 같이 사망하도록 말이다.

'그래도 중요한 정보는 얻었으니 됐지.'

이제 남은 시간은 앞으로 3년.

최소 3년 뒤에 카오스 차원의 본대가 이 세계에 쳐들어온다는 사실을 알아냈다.

지금은 그것만으로도 충분했다.

남은 건, 3년 동안 카오스 차원의 군세를 막을 준비를 하는 것뿐.

그러기 위해서 나이젤이 해야 할 일은 명확했다.

'천하 통일을 해야지, 뭐 어쩌겠어?'

그리고 명장을 넘어서 패왕까지 강해져야 할 것이고, 프리츠 공작 토벌 후에는 해야 할 일도 많았다.

각지에서 들고 일어나는 지방의 군소 귀족들을 빠르게 제압해서 흡수해야 하고, 세력이 큰 귀족들은 협상을 하든가, 동맹을 맺든가 외교적 관계를 구축해야 할 테니까.

'일단 프리츠 공작부터 어떻게 해결해야지.'

나이젤은 알파의 등 위에서 시원한 바람을 맞으며 생각에 잠겼다.

트리플 킹덤 게임과 다르게 이야기가 전개되고 있었지만 해야
할 일은 다르지 않았다.

바로 프리츠 공작을 토벌하는 것.

그러기 위해 지금 팬드래건 백작가를 향해 가고 있는 중이었
으니까.

팬드래건 백작가를 통해 오스마이어 공작 진영에 합류한 후,
프리츠 공작의 목을 따기 위한 계획을 구체적으로 세울 생각이
었다.

*   *   *

며칠 뒤, 나이젤 일행은 팬드래건 백작가의 영지에 도착했다.

그리고 팬드래건 백작가의 영주성에 도착한 나이젤 일행 앞에
알프레드가 마중을 나왔다.

"잘 오셨습니다, 나이젤 백부장님. 그리고 라그나 단장님."

백발이 성성한 알프레드는 연미복 같은 집사 옷을 입고 고개
를 숙여 보였다. 알프레드는 은퇴한 노기사였다.

그는 기사직에서 은퇴를 한 후, 영주성에 있을 때는 집사로
활동한다.

물론 나이 때문에 은퇴를 했다고 해도 알프레드는 여전히 현
역이었다.

어지간한 실력의 기사들은 알프레드 앞에서 어린아이나 다름
없었으니까.

"다시 정신을 차리셔서 다행입니다. 나이젤 백부장님이 깨어

나실 때까지 있고 싶었지만 백작가에 급한 일이 있어서 기다리지 못했습니다. 정말 죄송합니다."

나이젤 일행에게 인사를 건넨 알프레드는 허리를 숙이며 사과부터 했다.

생명의 은인인 나이젤이 정신을 잃고 있는 상황에서 감사의 말도 전하지 못하고 팬드래건 백작가로 돌아갔으니까.

그래도 노팅힐 영지의 사람들에게 감사와 양해를 구했으며, 나중에 나이젤이 깨어나거든 사과와 감사를 전해달라고 신신당부하긴 했었다.

"괜찮습니다. 가족이 걱정되는 건 누구나 다 그렇죠. 그리고 수도 상황이 좋지 않으니 걱정될 수밖에요."

브로드 일행이 팬드래건 백작가로 돌아간 이유는 아이리를 노리고 있는 암살자가 있다는 소식을 전해 들었기 때문이었다.

거기다 수도 발할라의 상황이 심상치 않다는 소식도 들려왔기에 대책을 세워야 했다.

그래서 브로드는 어쩔 수 없이 일행들을 데리고 부랴부랴 팬드래건 백작가로 돌아간 것이다.

"이해해 주셔서 감사합니다. 그리고 다시 한번 공자님과 저희들을 구해주신 여러분들에게 감사드립니다."

알프레드는 나이젤뿐만이 아니라 라그나와 다니엘, 그리고 크림슨 용병단원들을 향해 재차 허리를 숙이며 감사의 말을 전했다.

"이 은혜는 꼭 갚아드리겠습니다. 그리고 여러분들에게 알타이르 백작님과 브로드 공자님이 선물을 준비하셨으니 기대하셔도 좋을 겁니다."

"선물이요?"

온화한 표정의 알프레드의 말에 나이젤과 일행들은 탄성을 냈다.

팬드래건 백작가의 선물이라니.

기대가 되었으니까.

"그럼 이쪽으로."

알프레드는 우선 나이젤 일행을 응접실로 안내했다.

"나이젤 백부장님과 라그나 단장님을 제외한 다른 분들은 이곳에서 기다려 주십시오."

그렇게 말한 알프레드는 손뼉을 쳤다. 그러자 응접실의 문을 열리며 하녀들이 고급스러운 음식들과 술을 내왔다.

"오오."

그 모습을 본 단원들의 입꼬리가 치켜 올라갔다. 다들 술이라면 사족을 못 쓰는 인물들이었으니까.

거기다 먼 길을 오느라 배도 고픈 참이었다.

"이건 저희들을 구해주신 보답 중 일부입니다. 부디 즐겨주시길 바랍니다."

"감사합니다."

일행들 중 대표로 나이젤이 감사를 전했다.

지금 나이젤은 노팅힐 영지의 대표로 팬드래건 백작가에 온 것이었으니까.

"나이젤 백부장님과 라그나 단장님은 저를 따라오십시오. 알타이르 백작님과 브로드 공자님이 기다리고 계십니다."

이어서 알프레드는 나이젤과 라그나를 영주성 안쪽으로 안내했다.

그리고 강철 문 앞에서 멈춰 섰다.

문 앞에는 경비병 2명이 있었는데 알프레드를 보더니 경례를 붙여왔다.

"여기는 어디입니까?"

"직접 확인해 보시지요."

나이젤의 물음에 알프레드는 미소를 지으며 강철 문을 열었다.

"그러니까 지금이라도 당장 프리츠 공작을 쳐야 하는 거 아닙니까?"

"아니, 지금 그걸 말이라고 하오? 대체 우리가 무슨 수로 그놈을 친단 말이오? 지금은 상황을 지켜봐야 하오."

"오스마이어 공작님이 있지 않습니까? 공작님의 도움을 받는다면……."

"황자님 구출도……."

문을 열자마자 이곳저곳에서 고함 소리가 들려왔다.

팬드래건 백작가의 가신들도 향후 대책을 논의하고 있는 모양.

하지만 이내 조용해졌다.

끼이익.

회의실의 문을 열며 알프레드와 나이젤, 라그나가 들어왔으니까.

일순 고요한 정적이 흐르는 가운데 알프레드가 입을 열었다.

"알타이르 백작님, 나이젤 백부장님과 라그나 단장께서 오셨습니다."

"드디어 왔군."

회의실에 들어온 나이젤 일행을 본 알타이르 백작은 붉은 눈을 빛내며 즐거운 미소를 지었다.

그녀에게 있어 나이젤은 활력소와도 같은 존재였으니까.

나이젤 덕분에 하나씩밖에 없는 아들과 딸이 살았으니 말이다.

'그런데……'

알타이르 백작은 나이젤 옆에 있는 라그나에게 시선을 돌렸다.

여유롭고 평온하게 있는 그에게서 범상치 않은 기세가 느껴졌기 때문이다.

"라그나 로드브로크요."

알타이르 백작의 시선을 느낀 라그나는 씩 미소를 지으며 자기소개를 했다.

"라그나? 설마 그대가 크림슨 미드나이트 용병단의 단장인가?"

"그렇소."

라그나의 말에 알타이르 백작은 놀란 표정을 지었다.

마스터의 경지에 있는 단장을 필두로 강자들만 모여 있다는 소수 정예 용병단, 크림슨 미드나이트.

그런데 그 용병단의 단장 라그나가 나이젤과 함께 있을 줄이야.

이미 브로드에게서 이야기를 듣긴 했지만 막상 라그나와 마주하니 놀랍지 않을 수 없었다.

잠시 놀란 표정을 지었던 알타이르 백작은 나이젤과 라그나에게 고개를 숙여 보였다.

"먼저 은인들에게 예를 표하지. 내 자식들을 구해줘서 감사하네."

이어서 그녀 옆에 있던 브로드도 반가운 기색을 보이며 입을 열었다.

"다시 보게 돼서 정말 기쁘군."

아닌 게 아니라, 브로드는 당장 나이젤의 손을 붙잡고 흔들고 싶은 표정이었다.

마지막으로 나이젤을 봤을 때는, 정신을 잃은 채로 병실에 있었으니까.

그리고 알타이르 백작과 브로드의 행동에 회의실에서 토론을 벌이던 가신들도 자리에서 일어나 오른손을 심장에 대며 고개를 숙였다.

아무도 이와 같은 감사 표시를 하는 데 있어서 불만을 가진 인물들은 없었다.

나이젤과 라그나는 팬드래건 백작가의 후계자를 구출한, 가문의 은인들이었으니까.

거기에 나이젤은 브로드뿐만이 아니라 아이리까지 구하지 않았던가?

불만이 있을 수 없었다.

"뭘요. 동맹을 위해서 할 수 있는 일을 했을 뿐입니다."

그들의 모습에 나이젤은 웃으며 대답했다.

하지만 알타이르 백작은 물론 가신들은 알고 있었다.

팬드래건 백작 가문이 눈앞에 있는 청년에게 적지 않은 빚을 지게 되었다는 사실을.

"매번 볼 때마다 감사를 하는 거 같군. 이 은혜는 반드시 갚도록 하지."

알타이르 백작은 고개를 들어 올리며 쓴웃음을 지었다.

그런 그녀를 향해 나이젤은 진한 미소를 지으며 입을 열었다.

"그럼 지금 당장 받아보도록 할까요?"

"지금?"

의아한 표정으로 반문하는 알타이르 백작을 바라보며 나이젤은 진한 미소를 지었다.

이제부터 해야 할 일에는 팬드래건 백작가의 적극적인 협력이 필요했기 때문이다.

나이젤은 회의실에 있는 팬드래건 백작가의 가신들을 둘러봤다.

현재 가신들 중에는 삼국지로 쳤을 때 손견의 4대 공신들인 황개, 한당, 정보, 조무 등이 있었다.

그 외 장소나 노숙 등등 쟁쟁한 인물들이 가신들로 모여 있는 상황.

게다가 황개에 해당하는 알프레드를 비롯하여 현재 브로드를 따르고 있는 가라드, 멜리오나, 에이미는 각각 주태, 주유, 여몽이었다.

'다리안 영주는 진짜 비교도 안 되는구나.'

다시금 손견의 진영이라고 할 수 있는 팬드래건 백작가의 세력을 본 나이젤은 속으로 한숨을 내쉬었다.

진현이 나이젤의 몸속에서 깨어났을 때, 노팅힐 영지에서 그럭저럭 쓸 만한 무장이라고는 가리안뿐이었으니까.

나이젤은 회의실에 있는 팬드래건 백작가의 가신들을 바라보며 입을 열었다.

"지금 여러분들이 하고 있는 논안은 수도 발할라에서 벌어지고 있는 일에 대한 대책 아닙니까?"

"그렇소."

"앞으로 어떻게 할지 대책이 시급하지."

나이젤의 말에 팬드래건 백작가의 가신들은 고개를 끄덕이며 답했다.

"그럼 지금 의견이 둘로 나뉘어져 있겠군요."

"맞네. 내란 주동자 프리츠 공작의 목을 언제 따러 갈 건지 고민 중이지."

나이젤의 말에 답한 알타이르 백작의 몸에서 서늘한 한기가 흘러나왔다.

그림자 늑대들의 활약으로 아이리를 노린 범인은 물론 흑막이 프리츠 공작이라는 사실까지 밝혀냈으니까.

알타이르 백작으로서는 지금 당장에라도 프리츠 공작의 목을 따러 가고 싶을 것이다.

"알타이르 백작님의 심중은 이해하지만 신중하게 대응해야 합니다."

"맞습니다. 당분간은 상황을 지켜보는 게 좋을 것 같습니다."

가신들 중에서 장소와 노숙에 해당하는 인물인 루카스와 에드워드는 보수적인 입장을 취했다.

지금 당장 프리츠 공작을 치기보다 상황을 좀 더 지켜보자고 말이다.

이에 한당과 정보에 해당하는 가신들인 카사블랑카와 헤이든이 반론을 펼쳤다.

"무슨 소리입니까? 지금 프리츠 공작 놈이 수도에서 무슨 짓을 저지르고 있는지 모릅니까? 지금 당장 놈의 목을 쳐야 합니다!"

"현재 프리츠 공작이 풀어놓은 병력에 황제군이 밀리고 있는 상황입니다. 거기다 오스마이어 공작님께서 지원 요청을 한 상황이지 않습니까? 뒤에서 손 놓고 지켜보다가 시기를 놓치면 우리 입장만 난처해질 겁니다."

양측은 서로 팽팽하게 맞섰다.

재밌는 점은 상황을 지켜보자는 가신들은 군사나 참모에 해당하는 문관들이었고, 지금 당장 오스마이어 공작 진영에 가세해서 프리츠 공작에게 대항해야 한다고 주장하는 쪽은 영지군 사령관에 해당하는 무관들이었다.

'뭐, 사실 둘 다 틀린 말은 아니지.'

어느 쪽이 옳고, 어느 쪽이 틀리다고 할 수 없었다.

둘 다 맞는 말이었으니까.

단지, 선택의 문제일 뿐.

그렇기에 알타이르 백작은 가신들의 주장에 고민을 하고 있는 것이다. 그리고 나이젤은 다행이라고 생각했다.

'아무도 프리츠 공작 쪽에 붙자는 말은 안 하네.'

수도 발할라의 상황을 보고 끼어들 타이밍을 노리고 있을 뿐, 팬드래건 백작가의 가신들은 어쨌든 프리츠 공작을 토벌할 생각으로 가득 차 보였다.

그렇다면 이야기는 빨라진다.

"지금 당장 목을 치러 가죠."

"……?"

"그게 무슨?"

나이젤의 한마디에 좌중은 찬물을 끼얹은 듯 조용해졌다.

너무나 간단하게 나이젤이 프리츠 공작의 목을 따러 가자고 말을 했기 때문이다.

그런 그들에게 나이젤은 이야기를 시작했다.

"여러분들도 알다시피 이번 일의 발단은 프리츠 공작입니다. 프리츠 공작을 토벌하는 것에 대해서는 이견은 없겠죠."

"당연하네."

역시나 가신들은 모두 나이젤의 말에 동조하며 고개를 끄덕였다.

이미 팬드래건 백작가와 프리츠 공작은 서로 돌이킬 수 없는 강을 건넜다.

적어도 프리츠 공작이 아이리를 독살하려고 하지 않았다면 지금처럼 적대하지는 않았을 것이다.

어쩌면 백작가의 가신들끼리 프리츠 공작에 붙을지 말지 내분이 일어났을 수도 있었다.

하지만 프리츠 공작은 굉장히 큰 실수를 범했다.

팬드래건 백작가가 어떤 가문인가?

다름 아닌 용인족의 후예였다.

그 때문에 혈연을 굉장히 중요시 여긴다.

그런데 프리츠 공작이 혈족 중 한 명인 아이리를 건드렸다.

당연히 분노한 알타이르 백작은 프리츠 공작을 가만히 놔둘 생각이 없었다.

그 사실을 백작가의 가신들이라면 잘 알고 있기에 아무도 프리츠 공작 쪽에 붙자는 이야기를 하지 않았다.

하지만 상대는 공작이었다.

알타이르 백작보다 신분이 더 높았다.

그렇기에 프리츠 공작을 치려면 물밑 준비가 필요했다.

그런데 고맙게도 프리츠 공작 쪽에서 명분을 제공해 준 것이다.

제국 내에서 반란을 일으켰으니까.

팬드래건 백작가로서는 기회가 아닐 수 없었다.

"그럼 뭘 기다리십니까? 당장 수도 발할라를 점거하려고 하는 프리츠 공작을 토벌해야지요."

"그게 어디 말처럼 쉬운 줄 아는가? 전쟁은 장난이 아니야. 들어가는 비용도 만만치 않고, 이것저것 준비해야 할 것도 많이 있지."

나이젤의 말에 에드워드는 고개를 흔들었다.

아무리 명분이 주어졌다고 해도 프리츠 공작을 치기 위해서는 준비가 필요했다.

문제는 그럴 시간이 부족했다.

지금부터라도 병력을 모으고 오스마이어 공작과 합류해서 프리츠 공작을 치려고 한다면 최소 며칠은 걸릴 것이다.

그 때문에 루카스와 에드워드는 천천히 준비를 하면서 상황을 지켜보자는 입장이었다.

그에 반해 카사블랑카와 헤이든은 당장 선발대라도 징집해서 프리츠 공작을 치러 가자는 입장이었고 말이다.

"에드워드 경의 말은 저도 공감합니다. 확실히 전쟁이 쉬운 일은 아니죠."

나이젤은 고개를 끄덕였다.

트리플 킹덤 게임의 고인물이라고 할 수 있는 진현은 당연히 전쟁을 한 번 하는 데 준비가 얼마나 필요한지 잘 알고 있었다.

거기다 이 세계는 현실이지 않은가?

전쟁을 할 경우 필연적으로 전사자가 발생한다.

자신의 명령 한마디에 수많은 병사들이 죽어나갈 것이다.

하지만 그건 이미 각오한 일이었다.

'전쟁에서 이기려면 가장 중요한 게 준비되어야 해.'

전쟁에서 중요한 건 무엇일까?

강력한 무장?

물론 필요하다.

라그나 정도 되는 무장이라면 전쟁의 판도를 바꿀 수 있으니까.

하지만 전쟁은 개인이 하는 게 아니다. 수많은 병사들과 무장들이 전투에 참여한다.

그 숫자들 앞에서는 아무리 라그나라고 해도 밀릴 수밖에 없었다.

특히 라그나랑 비교해 크게 떨어지지 않는 무장들이 여럿 모여서 대항한다면 더더욱.

그렇기에 이쪽도 병사들과 무장들을 준비시켜야 한다.

그렇다면 전쟁에서 이기기 위해 가장 중요한 것은 무엇일까?

'바로 보급이지.'

보급이 제때 이루어지지 않으면 사기가 저하되고 굶주림 때문에 제대로 싸울 수 없게 된다.

결국 전쟁에서 패할 수밖에 없다는 소리다.

"믿을 수 없지만 지금 수도 발할라에서 프리츠 공작은 황제군과 오스마이어 공작 진영을 상대로 우위를 점하고 있다고 하네. 이미 수도의 절반을 점령했다고 하더군. 그러니 보급에도 문제가 없을 테지."

그에 반해 현재 황제군과 오스마이어 진영은 조금씩 프리츠 공작 군에게 밀리고 있는 상황이었다.

언제 황제 궁이 함락되어도 이상하지 않은 상황.

"그렇다면 더더욱 황제군과 오스마이어 공작님의 진영에 가담해야 되지 않습니까? 이미 지원 요청이 날아와 있다면서요."

"그건……."

에드워드는 어두운 표정을 지었다.

나이젤의 말대로 이미 오스마이어 공작은 제국 전역에 전문을 띄워 지원을 요청했다.

중립을 고수하는 귀족들은 움직이지 않겠지만, 오스마이어 공작을 지지하는 귀족들은 지원 요청에 응하지 않을 수 없었다.

그리고 팬드래건 백작가는 오스마이어 공작을 지지하는 귀족들 중 하나.

본래라면 당장 지원 요청에 응해야 하는 입장이었다.

하지만,

"우리가 간다면 이용당할 뿐이다."

알타이르 백작은 무거운 목소리로 말했다.

＊　　　　　＊　　　　　＊

제국 수도 발할라.

현재 수도 세력은 이등분, 아니, 삼등분이 되어 있었다.

황제궁을 지키는 근위 기사단, 슈바르처 리터와 수도 방위 군단 아인헤랴르.

프리츠 공작이 이끌고 있는 반란군들.

그리고 오스마이어 공작 진영이었다.

"주변 상황은?"

제국 수도 발할라의 동쪽과 남쪽에 걸쳐져 있는 거주지역.

지금 그곳에 약 5천 명에 가까운 병사들이 분산되어 잠복 중이었다.

그리고 병사들이 숨어 있는 거주지역 뒤편에 있는 집들 중에서 오스마이어 공작과 간부들이 지휘소로 사용 중인 저택이 있었다.

저택의 가장 큰 방에서 오스마이어 공작은 입을 열었다.

방 안에는 오스마이어 공작과 심복 한 명이 있을 뿐이었다.

"병사들이 주둔 중인 거주지역의 시민들 대피는 거의 끝난 상황입니다. 그리고 최소 한 달 이상 버틸 수 있는 식량들을 확보했습니다."

"좋아."

오스마이어 폰 로이엔탈 공작은 턱수염을 쓰다듬으며 만족스러운 표정을 지었다.

오스마이어 공작은 조심성이 많았다.

그래서 수도의 동남쪽 거주지역을 점거하고 물자를 비축하며 때를 기다렸다.

거주지역에 잠복 중인 병사들을 움직여야 할 때를 말이다.

"전황은?"

"예. 현재 프리츠 공작 진영은 제국 수도를 절반 정도 점령하였으며 황제군과 산발적인 전투를 벌이고 있는 중입니다. 그리고 우리 귀족 연합의 군대와 신경전 중이며 견제도 하고 있는 상황입니다."

오스마이어 공작의 짧은 물음에 40대 초반으로 보이는 인물, 콘라트 아이헨도르프가 대답했다.

그는 삼국지로 치면 원소의 책사들 중에서도 뛰어난 인물인 전풍이다.

전풍은 원소군의 뛰어난 책략가이며 조조군의 순욱과 비견되는 인물로 평가받는다.

트리플 킹덤 게임에서도 콘라트는 뛰어난 수완을 보여주며 오스마이어 공작을 보좌한다.

그의 뛰어난 지략 덕분에 오스마이어 공작은 궁지에서 벗어난 적이 많았다.

그 때문에 오스마이어 공작은 콘라트를 오른팔처럼 신뢰하고 있었다.

"얼마나 버틸 것 같은가?"

"길어도 수일 정도입니다."

지금 이곳에 잠복 중인 병사 5천 명은 오스마이어 공작의 주력부대다.

하지만 제국 수도 중심부에서는 오스마이어 공작을 따르는 귀족들이 파견한 병사들이 프리츠 공작의 병사들을 상대로 싸우고 있는 중이었다.

즉, 오스마이어 공작은 자신의 부대는 온존시켜 두고 있으면서 수도에서 자신을 따르는 귀족들의 병사들을 갈아 넣고 있었던 것이다.

그 때문에 귀족들의 불만이 없잖아 있었지만 뭐라 항의를 할 수 없었다.

그들의 명줄을 쥐고 있는 건, 다름 아닌 오스마이어 공작이었으니까.

"대체 프리츠 공작 놈은 어디서 저런 병사들을 모아 왔을까?"

오스마이어 공작은 골치 아픈 표정을 지으며 손가락으로 책상을 툭툭 두들겼다. 마음에 들지 않는 일이 생겼을 때 나오는 그의 버릇이었다.

"수상하군."

오스마이어 공작의 이마가 찌푸려졌다. 그의 말대로 프리츠 공작의 병사들은 수상하기 짝이 없었다.

왜냐하면 프리츠 공작의 병사들이 믿기지 않을 정도로 강했으니까.

프리츠 공작군 병사 한 명이 일반 병사 세 명에서 다섯 명을 상대했다.

그 정도면 어지간한 기사 수준은 되었다.

그 때문에 처음 프리츠 공작이 반란을 일으켰을 때, 오스마이어 공작은 진땀을 빼야 했다.

황제군은 물론 오스마이어 공작 진영까지 속수무책으로 밀려도 이상하지 않았으니까.

거의 기사에 가까운 능력을 가진 병사들이라니!

하지만 정말 다행스럽게도 프리츠 공작의 병사들은 그리 많지 않았다.

기껏해야 3천 정도였으니 말이다.

'문제는 고작 3천으로 우리와 대등하게 싸우고 있다는 사실이지.'

제국 수도 중심부에서 황제군과 귀족 연합군을 상대로 프리츠 공작군은 밀리기는커녕 오히려 밀어내고 있었다.

좋지 않은 상황.

그 때문에 오스마이어 공작은 제국 전역에 전문을 띄웠다.

반란을 일으킨 프리츠 공작을 토벌하기 위해 귀족 군벌들을 모집한 것이다.

그중에는 자신을 따르는 귀족들도 있었고, 아직 중립인 귀족들도 있었다.

"어쨌든 지금은 황궁이 무너지지만 않으면 돼."

"그렇다면 시기가 중요해지겠군요."

"그렇지."

콘라트의 말에 오스마이어 공작은 고개를 끄덕였다.

현재 황자 두 명은 황제 궁에서 옴짝달싹도 하지 못하고 있었다.

슈바르처 리터와 아인헤랴르가 버티고 있는 동안은 무사할 것이다.

하지만 그것도 시간문제일 뿐.

머지않아 프리츠 공작군은 황제군을 제압하게 될 것이다.

그만큼 프리츠 공작군의 전력은 이상할 정도로 강했다.

오죽하면 오래전부터 앙숙인 오스마이어 공작이 당장 달려들지 못하고 몸을 사리고 있을까.

그렇기에 타이밍을 잘 잡아야 했다.

황제군이 밀리기 시작했을 때, 황자들을 구할 생각이었으니까.

"슈테른 제국의 정통성과 명분은 우리가 가진다."

그래야 슈테른 제국을 지배하는 데 불협화음이 생기지 않을 터.

오스마이어 공작 또한 야망만큼은 결코 프리츠 공작에 뒤지지 않았다.

다만, 명분이 없었기에 지금까지 조용히 있었을 뿐이다.

명분 없이 야욕을 부리면 기다리는 건 파멸뿐이니까.

"항상 상황을 주시해."

"네. 맡겨주십시오."

콘라트의 말에 오스마이어 공작은 신뢰가 깃든 눈으로 콘라트를 바라봤다.

황제군은 제국 공작인 오스마이어 폰 로이엔탈 가문의 군사력을 뛰어넘는다.

황실 근위 기사단인 슈바르처 리터들의 숫자만 해도 약 20명 정도.

그들은 황실 기사단들 중에서도 엘리트이며, 전원이 마도 장갑 전투복 헤카톤케일의 소유자였다.

그것도 양산형이 아니라 개인 커스텀으로 개조 및 제작한 특제품으로.

그 외 제국 황실을 따르는 일반 기사들은 약 100명이 좀 넘는다.

그들 중 상위권 일부는 양산형 헤카톤케일을 가지고 있었다.

거기에 약 2만 명에 가까운 정예 병사들로 이루어진 수도 방위 군단 아인헤랴르까지.

"방심은 금물이다. 알고 있겠지?"

"네. 알고 있습니다."

콘라트는 고개를 끄덕였다.

아무리 황제군이 대단하다고 해도 프리츠 공작군의 전력도 만만치 않았다.

프리츠 공작군의 전력은 병사들뿐만이 아니었으니까.

당연히 헤카톤케일을 소유한 기사들이 존재한다.

그뿐만이 아니다.

"그리고 놈이 가지고 있는 새로운 헤카톤케일에 대해서도 조사는 하고 있겠지?"

"물론입니다. 그것에 대해서라면 이미 조사 중입니다."

프리츠 공작군이 숨기고 있는 비밀 병기.

이미 오스마이어 공작은 마법사 전용 마도 전투복 헤카테에 대한 정보도 알고 있었다.

물론 자세하게는 모른다.

하지만 마법사들이 사용하는 마도 전투복이 있다는 사실만 알고 있을 뿐이었다.

그 외 정보는 프리츠 공작이 은폐하고 있었기에 알 수 없었다.

"비밀 병기는 그놈만 가지고 있는 게 아니지만."

오스마이어 공작은 입꼬리를 치켜올렸다.

그 또한 프리츠 공작과 견제를 벌이며 마냥 놀고 있을 정도로 무능하지 않았다.

언젠가 프리츠 공작과 결착을 봐야 한다는 사실을 어렴풋이 알고 있었기에 준비를 해온 것이다.

"남은 건 기다리는 것뿐인가."

슈테른 제국 전역에서 귀족 군벌들이 모일 때까지.

그리고 황제군이 완전히 갈려 나갈 때까지.

오스마이어 공작이 해야 할 일은 시간을 벌며 때를 기다리는 것뿐이었다.

　　　　　*　　　　　*　　　　　*

"화살받이입니까?"

"맞네."

나이젤의 말에 알타이르 백작은 고개를 끄덕였다.

마음 같아서는 당장 프리츠 공작의 목을 따러 가고 싶은 심정이었다.

하지만 쉬운 일은 아니었다.

상황이 좋지 않았으니까.

"현재 전황은 어떻게 되어가고 있습니까?"

"좋다고는 할 수 없지. 오스마이어 공작이 견제를 하고 있지만 적극적이지를 않아."

오스마이어 공작은 자신의 주력부대는 투입하지 않고 대기 중이었다.

상황을 지켜보고 있는 것이다.

덕분에 현재 갈려 나가고 있는 건 황제군인 근위 기사단 슈바르처 리터와 수도 방위 군단 아인헤랴르들이었다.

현재 수도 발할라에서 눈앞의 전공에 눈이 멀어 달려들고 있는 오스마이어 공작을 따르는 귀족 연합군까지.

그 상황에서 오스마이어 공작은 눈앞의 전공에 연연하지 않고 한발 뒤로 물러나 있었다.

하지만 황제군과 귀족 연합군이 전부 갈려 나가고 나면 다음은 오스마이어 공작군 차례였다.

그 때문에 오스마이어 공작은 제국 전역에 있는 귀족들에게 지원 요청을 한 것이다.

자신들을 대신해서 갈려 나갈 방패들을 모으기 위해서.

그만큼 프리츠 공작의 전력은 예상을 웃돌고 있는 모양.

"지금으로서는 전황이 비등한 모양이야. 다만, 프리츠 공작을 따르는 귀족 연합군들도 모여들고 있는 상황이지."

알타이르 백작의 말대로였다.

오스마이어 공작을 따르는 귀족들이 존재하는 것처럼 프리츠 공작을 따르는 귀족들도 당연히 존재했다.

지금 그들이 하나둘 수도로 모여들며 프리츠 공작군의 세력이 점점 커져가고 있는 상황이었다.

"그럼 이대로 가면 제국이 갈라질 수도 있겠군요."

"그렇게라도 되면 다행이지."

나이젤의 말에 알타이르 백작은 헛웃음을 흘렸다.

수도 발할라를 중심으로 오스마이어 공작과 프리츠 공작의 전쟁이 격해진다면 양극화 현상이 발생할 것이다.

중립으로 있는 귀족들도 결코 전쟁에서 벗어날 수 없을 테니까.

하지만 최악의 경우는 따로 있었다.

"최악의 경우 공멸도 각오해야 할 거다."

알타이르 백작은 붉은 눈을 위험하게 빛냈다.

오스마이어 공작 진영과 프리츠 공작 진영의 전쟁은 결국 소모전이었다.

만약 두 진영이 병사들을 갈아 넣으면서 타협을 거부하고 전쟁을 끝까지 하게 된다면 과연 어떻게 될까?

그 앞에 기다리는 건 파멸뿐이다.

알타이르 백작의 말대로 최악의 경우도 생각해야 했다.

"그럼 변수는 황자님들이겠군요."

"그대도 그렇게 생각하나?"

"네."

알타이르 백작의 반문에 나이젤은 고개를 끄덕였다.

요컨대, 변수는 황제군과 중립 귀족들이었다.

프리츠 공작은 제국 황실에 반란을 일으켰다. 삼국지에서 원술이 황제를 참칭한 것보다 더했으면 더했지 결코 덜하지 않았다.

원술이 황제를 참칭했을 때는, 한 황실의 권위가 추락하고 실권 또한 없는 몰락한 상황이었다.

하지만 프리츠 공작은 슈테른 황실이 건재함에도 반란을 일으켜 자기가 황제가 되려고 했다.

당연히 중립 귀족들은 프리츠 공작을 옹호할 수 없었다.

비록 중립이라고 해도 귀족들은 슈테른 제국 황실에 충성을 맹세한 자들이었으니까.

"장기적으로 봤을 때 황자님들을 구출해야 전쟁을 유리하게 이끌어갈 수 있을 것 같습니다."

반대로 황자들이 프리츠 공작의 손에 들어가거나 사망한다면 상황은 최악으로 치달아갈 것이다.

그리고 그보다 나이젤은 의문스러워하고 있는 사실이 하나 있었다.

'대체 무슨 생각을 하고 있는 거지?'

오스마이어 공작의 생각이라면 짐작이 갔다.

상황이 자신에게 유리하다고 판단이 설 때 움직일 터였다.

트리플 킹덤 게임에서 그는 신중하면서도 결코 기회를 놓치지 않는 인물이었으니까.

하지만 지금 프리츠 공작의 행동은 이해할 수 없었다.

'게임에서 반란 같은 건 일으키지 않았었는데…….'

지금까지 100번이 넘도록 게임을 플레이하면서 프리츠 공작이 슈테른 제국 황실에 반기를 든 경우는 단 한 번도 없었다.

시나리오 흐름상, 프리츠 공작 또한 자신이 지지하고 있는 황자를 내세워 배후에서 실권을 장악하려고 했을 뿐이었다.

그런데 대체 왜 프리츠 공작은 반기를 든 것일까?

Chapter

6

'대체 뭘 노리고 있는 걸까?'

프리츠 공작이 무슨 생각을 하고 있는지 나이젤이 고민하고 있는 사이.

"이번 전쟁의 핵심은 황자님들이야."

알타이르 백작이 고개를 끄덕이며 말했다.

그녀 또한 나이젤의 의견과 같았다.

황자들을 손에 넣는다면, 수도에 남아 있는 황제군들은 물론, 중립 귀족들의 협력까지 얻을 수 있을 것이다.

지금은 아직 수도 발할라의 상황이 제국 전역에까진 전해지지 않은 데다가, 황궁으로부터 전언이 아무것도 내려오지 않은 상황이었다.

하지만 그것도 시간문제일 뿐.

조만간 슈테른 제국 황실의 이름으로 반역자 프리츠 공작을 처단하기 위한 공문이 나올 것이다.

다만 문제는 그때까지 황제군이 버틸 수 있느냐, 였다.

슈테른 제국 전역에서 귀족들이 병사들을 모아서 수도 발할라까지 도착하는 데 제법 시간이 걸릴 테니까.

하지만.

"저에게 전쟁을 빠르게 끝내는 방법이 있습니다."

나이젤은 입꼬리를 치켜올리며 말했다.

"뭐?"

그 말에 알타이르 백작을 시작으로 회의실에 있던 브로드와 가신들이 놀란 표정을 지었다.

"그게 무슨 소리인가?"

알타이르 백작은 놀란 표정으로 물었다.

그런 그녀에게 나이젤은 웃으며 되물었다.

"이번 전쟁의 원인이 무엇인지 알고 계십니까?"

"전쟁의 원인? 그거라면 프리츠 공작이 반기를 들어서 그런 게 아닌가?"

"네, 맞습니다."

나이젤은 더욱더 진한 미소를 지으며 고개를 끄덕였다.

지금 수도 발할라에서 이 사달이 난 이유는 알타이르 백작의 말대로 프리츠 공작이 반기를 들었기 때문이다.

이유는 모른다.

나이젤도 프리츠 공작이 무슨 생각을 가지고 반란을 일으켰는지 알고 싶었다.

다만 중요한 건, 프리츠 공작이 반란을 일으켜서 슈테른 제국 황실을 뒤집어엎으려고 한다는 사실이었다.

즉, 지금 일어나고 있는 전쟁의 원인이 바로 프리츠 공작이라는 소리다.

그렇다는 말은,

"프리츠 공작만 제거한다면 이번 전쟁을 단숨에 끝낼 수 있습니다."

전쟁의 원인인 프리츠 공작만 제거하면 끝이었다.

"아니, 그런……."

나이젤의 말에 회의실 내부는 당혹스러운 분위기가 감돌았다.

확실히 나이젤의 말은 틀리지 않았다. 오벨슈타인 공작 가문 진영의 핵심은 프리츠였다.

프리츠 공작만 제거된다면 오벨슈타인 진영은 무너져 내릴 것이다.

프리츠 공작의 유지를 이어받을 후계자적인 존재가 없었으니까.

"정말 마음에 드는 소리군. 나도 마음 같아서는 지금 당장 프리츠 공작의 목을 따러 가고 싶으니 말이야."

알타이르 백작은 먹잇감을 노리는 드래곤처럼 붉은 눈을 빛내며 혀로 입술을 핥았다. 프리츠 공작의 목을 따러 가는 것이라면 환영할 만한 일이었다.

"그건 절대 안 됩니다!"

하지만 팬드래건 백작가의 가신들이 펄쩍 뛰며 만류했다.

알타이르 백작은 팬드래건 백작가의 중심적인 인물.

만약 그녀에게 무슨 일이라도 생긴다면 팬드래건 백작 가문은 혼란에 빠지거나 어떤 식으로든지 영향을 받을 수밖에 없었다.

"알고 있다."

자신을 찌르듯이 바라보는 가신들의 눈빛에 알타이르 백작은 질린 표정으로 손사래를 쳤다.

안 그래도 나이젤이 오기 전에 프리츠 공작을 잡으러 가겠다고 말했다가 가신들과 한바탕했었으니까.

"나이젤 백부장, 그대의 의도는 알겠네. 하지만 그건 쉬운 일이 아니야. 그게 가능했으면 이미 우리가 움직였지."

조용히 한숨을 내쉬며 나이젤을 향해 말하는 에드워드의 얼굴은 근심 걱정 때문에 10년은 더 늙어 보였다.

그리고 에드워드 말에 이어 루카스도 골치 아픈 표정을 지으며 한마디 덧붙였다.

"그 말이 맞네. 당장 우리는 프리츠 공작이 어디에 있는지 위치조차 알 수 없으니 말이야."

그들의 말대로 프리츠 공작만을 노린다고 해도 보통 일이 아니었다.

무엇보다 루카스의 말대로 팬드래건 백작가는 현재 프리츠 공작이 어디에 있는지 위치조차 파악하지 못하고 있는 실정이었다.

그 때문에 오스마이어 공작도 상황을 지켜보고 있는 것이다.

"그뿐만이 아니네. 프리츠 공작을 지키는 호위 병력도 만만치 않을 테지."

이번에는 에드워드가 루카스의 말에 이어 말했다.

그리고 에드워드의 말대로 프리츠 공작은 항상 병사들과 기사들의 보호를 받고 있을 것이다. 전쟁에서 지휘관의 보호는 당연한 일이었으니까.

프리츠를 제거하기 전에 그의 병사들부터 먼저 뚫고 지나가야 할 것이다.

그런 일을 누가 할 수 있단 말인가?

"여러분들의 생각은 저도 잘 알겠습니다."

에드워드와 루카스의 이야기를 들은 나이젤은 좌중을 돌아보며 입을 열기 시작했다.

"하지만 크림슨 용병단의 라그나 단장이 나선다면 어떻게 될까요?"

"……!"

그 말에 다들 놀란 표정을 지었다.

그들을 보고 있자니 얼굴로 라! 그! 나! 라고 말하는 듯했다.

그들뿐만이 아니다.

"내가?"

라그나도 화들짝 놀란 표정을 지으며 나이젤을 바라봤다.

설마 여기서 자신의 이름이 나올 줄은 몰랐으니까.

"확실히 라그나 단장이라면……."

"가능성이 있을지도 모르겠군."

나이젤의 말에 가신들은 빠르게 머리를 굴리기 시작했다.

그들 또한 라그나의 명성은 익히 들어 알고 있었다.

크림슨 용병단이 제국 동부 지역을 중심으로 활약을 많이 해 왔으니까.

그런 그들에게 나이젤은 쐐기를 박았다.

"프리츠 공작의 위치도 머지않아 판명될 겁니다. 제가 사람 하나는 잘 찾거든요."

나이젤은 미소를 지으며 말했다.

프리츠 공작이 어디에 있는지 알지 못하면 목을 따러 갈 수가 없다.

하지만 나이젤에게는 유능한 정보 조직이 있지 않은가?

그림자 늑대들은 사람을 찾는 데 일가견이 있는 집단이었다.

"대체 어떻게?"

"그건 저한테 맡겨주시면 됩니다. 그리고 저에게는 프리츠 공작의 위치를 알아낼 방법과 잡을 계획이 있습니다. 하지만 그건 여러분들이 도와주셔야 가능한 일이죠."

나이젤은 자신만만한 표정으로 가신들을 바라봤다.

요컨대, 나이젤은 그들에게 이렇게 말하고 있는 것이다.

프리츠 공작의 목을 따러 가는 데 자신을 도와줄 건지, 아니면 말 건지.

양자택일이다.

그리고 그것을 느낀 가신들은 잠시 생각하는 듯하더니 서로 눈빛을 교환하고 일제히 알타이르 백작을 바라봤다.

그 모습에 알타이르 백작은 붉은 입술 끝을 치켜올렸다.

나이젤이 말도 되지 않는 소리를 했다면, 에드워드가 반론을 펼치며 막았을 터.

그런데 그러지 않고 지금 가신들이 그녀를 바라보고 있다는 말은 나이젤의 계획이 어느 정도 먹힌다고 판단했다는 방증이었다.

즉, 지금 가신들은 알타이르 백작에게 최종 판단을 맡긴 것이다.

알타이르 백작은 나이젤을 향해 미소를 지으며 입을 열었다.

"알겠네. 우리 팬드래건 백작가는 노팅힐 남작가와 동맹을 맺은 우방으로서 전면 협력 하겠다."

"감사합니다."

나이젤은 고개를 숙이며 작은 미소를 지었다.

딜런이 봤다면 저 인간 또 사고 친다며 뜯어말릴 미소를 말이다.

* * *

그날 밤.

팬드래건 백작가의 회의실에서 상황을 정리한 나이젤은 1층 개인 방을 배정받아 쉬고 있었다.

그리고 창문을 활짝 열어젖혔다.

창문을 통해 들어온 시원한 바람이 복잡하게 돌아가는 나이젤의 머리 열을 식혀주었다.

'아직 할 일이 많지만 고비 하나는 넘겼으니 다행이지.'

오늘 낮에 있었던 일들을 떠올리며 나이젤은 창문 밖을 바라봤다.

은은하게 빛나는 하얀 달빛 아래에 팬드래건 백작가의 성채 도시의 전경이 내려다보였다.

팬드래건 백작가의 영주성은 성채 도시 안에서 살짝 높은 언덕 위에 위치해 있었으니까.

'남은 건 프리츠 공작을 찾는 건데.'

프리츠 공작의 목을 치려면 우선 팬드래건 백작가의 협력을 얻어야 했다.

다행히 그 일은 성공했다.

알타이르 백작에게서 전면 협력을 따냈으니 말이다.

이제 남은 건, 프리츠 공작이 수도 발할라에서 어디에 숨어 있는지 찾아내야 했다.

일단 그가 어디에 있는지 알아야 잡든지 말든지 할 테니까.

그리고 나이젤은 최대한 그를 살려서 포획할 생각이었다.

그래야 프리츠 공작이 왜 반란을 일으켰는지, 목적이 무엇인지 알 수 있을 테니까.

"미샤 있나?"

"부르셨나요?"

'와, 씨! 놀래라.'

순간 나이젤은 움찔거리며 놀랐다.

그냥 한번 미샤를 불러봤을 뿐인데, 창문 밖 옆에서 목소리가 들려왔기 때문이다.

그래도 다행히 놀란 기색을 겉으로 드러내 보이지 않았기 때문에 미샤는 나이젤이 화들짝 놀랐다는 사실을 알지 못했다.

"역시 계승자님은 대단하시네요. 은신에는 자신이 있었는데."

미샤는 시무룩한 표정으로 늑대 귀를 축 늘어뜨렸다.

지난번 나이젤은 정식으로 늑대왕, 섀도우 울프킹의 계승자로 인정받고 그림자 늑대들의 수장이 되었다.

그 후 우선적으로 미샤, 마리사 그란디스에게 섀도우 울프킹이 사용한 그림자 은신술을 전수해 주었다.

그 덕분에 현재 미샤의 은신 능력은 이전에 비해 비약적으로 발전했다.

그래서 미샤는 자신이 있었다.

이 정도면 나이젤의 눈도 속일 수 있을 거라고.

"아니, 많이 늘었네."

나이젤은 자기도 모르게 늑대 귀를 늘어뜨리고 있는 미샤의 머리를 쓰다듬어 주었다.

"앗… 우웅……."

나이젤의 손길에 잠깐 놀랐지만 이내 미샤의 표정은 노곤노곤하게 풀렸다.

'그냥 혹시나 싶어서 한번 불러봤을 뿐인데……'

반면 나이젤은 속으로 놀라고 있었다. 그녀라면 지금쯤 자신을 만나러 주변에 와 있지 않을까 생각하고 그냥 한번 미샤를 불렀을 뿐이었다.

그런데 정말로 자신이 있는 방의 창문 근처에 은신해 있을 줄은 몰랐다.

그 말은 미샤의 은신 능력이 상당한 경지에 올라와 있다는 소리였다.

아무리 경계하고 있지 않았다고는 해도 나이젤과 까망이가 그녀를 감지해 내지 못했으니 말이다.

물론 나이젤과 까망이가 작정하고 긴장 상태로 주변 경계를 하고 있었다면 알아차리지 못할 정도는 아니었다.

"이번 일은 잘했다. 덕분에 일이 잘 풀렸어."

"그 정도쯤이야. 상대가 조바심을 내서 금방 잡을 수 있었어요."

휙휙.

나이젤의 칭찬에 미샤는 별거 아닌 것처럼 말했다.

하지만 그녀의 늑대 꼬리는 풍차처럼 돌고 있었다.

나이젤의 칭찬에 기분이 좋은 모양이었다.

'귀엽네.'

나이젤은 미샤를 바라보며 피식 웃었다. 늑대 귀와 꼬리를 가진 미샤는 확실히 귀여웠다.

하지만 외모뿐만이 아니다.

미샤는 아이리를 노린 범인을 빠르게 잡아주고 배후가 프리츠 공작이라는 사실까지 알아냈다.

덕분에 오늘 낮 회의실에서 팬드래건 백작가를 설득하는 데 제법 도움이 되었다.

그래서 그런지는 몰라도 나이젤은 미샤가 평상시보다 더 귀엽게 보였다.

"나중에 상을 줄게. 지금은 해야 할 일이 많아서 말이야."

나이젤의 말에 미샤의 늑대 귀가 파닥파닥거렸다.

"프리츠 공작과 관련된 일인가요?"

"응. 그래서 말인데 너희들이 해주었으면 하는 일이 있어."

"사람 찾는 일이겠지요?"

"잘 아네."

나이젤은 피식 웃으며 말했다.

미샤도 바보는 아니었다.

나이젤이 무엇을 해달라고 할지 잘 알고 있었다.

"알겠습니다. 프리츠 공작이 어디에 숨어 있는지 찾아볼게요."

"부탁하지."

"넵."

나이젤의 말에 대답한 미샤는 창문 앞에 찰싹 달라붙었다.

그리고 늑대 귀를 파닥파닥거리거나 뒤로 젖히며 나이젤을 물끄러미 올려다봤다.

머리를 좀 더 쓰다듬어 달라는 무언의 제스처였다.

그 모습에 나이젤은 어쩔 수 없다는 표정으로 피식 웃으며 미샤의 머리를 쓰다듬어 주기 시작했다.

그렇게 팬드래건 백작가에서 밤은 깊어져 갔다.

*　　　　　*　　　　　*

그로부터 수일 뒤.

나이젤은 팬드래건 백작가의 군병과 함께 수도 발할라로 향했다.

*　　　　　*　　　　　*

붉은 횃불들이 일렁거리며 주변을 겨우 밝히고 있는 어둡고 눅눅한 거대한 공동.

공동의 중심부에는 거대한 마법진이 그려져 있으며, 마법진 바깥쪽에 검은 후드를 쓴 인물들이 바닥에 쓰러진 채 피를 흘리고 있었다.

그리고 마법진의 중심부에는 역시나 검은 후드를 뒤집어쓰고 있는 프리츠 공작이 홀로 서 있었다.

"프, 프리츠 폰 오벨슈타인! 이게 대체 무슨 짓인가!"

마법진 바깥쪽에 쓰러져서 피를 흘리고 있는 인물 중 한 명이 믿을 수 없다는 표정으로 고개를 들며 프리츠 공작을 향해 소리쳤다.

그를 비롯한 바닥에 쓰러져 있는 자들은 전부 프리츠 공작을 따르던 귀족들이었다.

그들은 프리츠 공작이 전장이 된 수도 발할라에서 가장 안전한 장소로 간다는 말에 이곳으로 왔다.

분명 그랬었는데 이곳에 온 그들은 순식간에 목이 날아갔다.

그리고 일부는 겨우 살아남았지만 그 목숨도 바람 앞의 등불일 뿐이었다.

과다 출혈로 곧 죽게 생겼으니까.

"대체 왜!"

"닥쳐라."

쉬익!

순간 프리츠 공작의 등에서 시꺼먼 무언가가 뛰쳐나와 소리를 치고 있던 귀족을 향해 날아들었다.

퍼억!

"컥!"

갑작스러운 공격에 귀족은 피를 토하며 바닥에 뻗어 누웠다.

프리츠 공작의 몸에서 튀어나온 그림자로 이루어진 촉수가 귀족의 등을 꿰뚫었기 때문이다.

촤악!

이윽고 그림자 촉수는 귀족의 몸에서 뽑혀 나오며 주변에 피를 뿌렸다.

우우웅.

그와 함께 공동 바닥에 그려져 있는 직경 20미터에 달하는 마법진에서 붉은빛이 흘러나오며 미세하게 진동을 하기 시작했다.

그리고 바닥에 쓰러져 있는 자들의 피가 마치 살아 있는 생명체처럼 마법진으로 향해 움직였다.

공동에 그려진 마법진의 회로를 따라 흐르기 시작하는 붉은 피들.

하지만 붉은 피는 마법진의 바깥쪽 회로 부분에만 흐를 뿐이었다.

"피가 모자라군."

그 모습을 본 프리츠 공작은 싸늘한 목소리로 말했다.

아직 제물이 부족한 모양이었다.

하지만 이내 그의 얼굴에는 차가운 미소가 걸렸다.

"앞으로 얼마 남지 않았다."

프리츠 공작은 공동 위를 올려다봤다.

머지않아 이곳은 피로 물들게 될 것이다.

그렇게 된다면 피를 매개로 공동에 그려진 마법진이 발동할
터.

"이제 그만 끝을 내야지."

그렇게 말하는 프리츠 공작의 얼굴은 어딘지 모르게 지쳐 보
였다.

*   *   *

"이곳이 수도 발할라인가?"

나이젤은 눈앞에 웅장하게 펼쳐져 있는 성벽을 바라보며 감회
에 젖었다.

모니터 화면 너머로만 보아오던 슈테른 제국 수도 발할라를
실제로 보게 될 줄이야.

'역시 제국 수도는 어마어마하구나.'

나이젤은 무의식적으로 제국 수도 전체를 둘러싸고 있는 외벽
과 노팅힐 영지의 성채 도시 외벽을 비교했다.

현재 노팅힐 영지의 외벽도 나름 쓸 만해졌지만, 수도 발할라
에는 비빌 수가 없었다.

'돌아가면 빡세게 굴려야겠네.'

수도 발할라가 아니라 팬드래건 백작가의 외벽과 비교해도 부
족한 상황.

프리츠 공작과 관련된 일이 끝난다면 울라프를 비롯한 그랜드
공방의 드워프들을 빡세게 굴려야겠다고 생각했다.

"제국 수도는 처음인가?"

그때 수도 발할라의 외벽을 멍하니 바라보고 있는 나이젤에게 브로드가 웃으며 다가와 물었다.

"네, 공자님은 오신 적이 있겠군요."

"나도 어릴 때 이후 처음이야."

"그래도 와본 게 어디입니까?"

이 세계에서 진현이 빙의하기 전에도 나이젤은 제국 수도에 와본 적이 없었다. 제국 변경에서 아등바등거리며 먹고살기 바빴으니까.

외벽을 지나 수도 발할라에 들어가는 건 간단했다.

팬드래건 백작가가 뒤에 있었으니까.

그리고 지금 수도 발할라를 지키는 방위 군단인 아인헤랴르는 정신이 없는 상황이었다.

외벽 문을 지키는 아인헤랴르의 경비병들 숫자가 눈에 띄게 줄어 있었다.

"상황이 좋지 않은가 보네요."

"그런 거 같군. 병사들의 수가 너무 적어."

팬드래건 백작가를 나섰을 때부터 나이젤과 브로드는 서로 붙어 다녔다.

그리고 크림슨 용병단원들과 카테리나, 다니엘은 브로드 일행과 친해졌다.

팬드래건 백작가의 인물들과 일행들의 관계는 문제없어 보였다.

다만, 문제는 수도 발할라의 상황이었다.

'아직도 많이 남아 있구나.'

나이젤이 감탄할 만한 건, 딱 수도 외벽까지였다.

외벽을 통과한 나이젤은 주변을 둘러보며 눈살을 찌푸렸다.

수도 발할라는 전장이었다.

그 때문에 수도에서 탈출하는 피난민들과 집에서 틀어박혀서 나오지 않고 있는 사람들이 많았다.

그리고 나이젤 일행이 통과한 서쪽 외벽 문은 난민 행렬이 길게 이어져 있었다.

그나마 서쪽은 오스마이어 공작이 보호하고 있는 구역이라 안전한 편이지만, 중앙 지역과 남쪽 지역은 난리가 난 상황.

수도에 남아 있는 시민들보다 피난하려는 사람들이 더 많았다.

그건 수도 귀족들도 마찬가지.

그 때문에 현재 슈테른 제국은 행정과 경제가 마비된 상황이었다.

'내란이 길어질수록 혼란도 길어지겠지.'

제국 수도가 멀쩡히 돌아가야 국가에 혼란이 생기지 않는다.

하지만 제국 수도에서 프리츠 공작이 일으킨 반란으로 인해 모든 업무와 경제가 마비되어 혼란스러운 상황에 직면해 있었다.

빨리 이 내란을 종결시키지 않으면 슈테른 제국 전역에 피해가 생길 수 있을 터.

'피해를 최소화시켜야 돼.'

내란으로 인해 물류가 유통되지 않으면 변경 영지인 노팅힐까지 영향이 갈 수 있었다.

또한, 현재 나이젤의 최종 목적은 3년 뒤에 본격적으로 침략을 시작하는 카오스 마족들을 막는 것이다.

그러기 위해서는 최대한 제국의 전력을 온존시키면서 수중에 넣어야 한다.

오스마이어 공작 진영과 프리츠 공작 진영이 서로 맞붙어서 피해가 커진다면 어떨까?

난세가 시작되었을 때 나이젤이 있는 노팅힐 영지가 유리해질 것이다.

하지만 그래서는 3년 뒤에 있을 카오스 마족들과의 전투에 영향이 생길 수 있었다.

난세가 시작되었을 때도 마찬가지.

최대한 다른 귀족들의 세력을 온존시켜 가며 흡수하는 게 가장 상책이었다.

다만, 어려우니 문제일 뿐.

'역시 난이도 불가능급.'

나이젤은 속으로 한숨을 내쉬었다.

어쨌든 지금은 최대한 빨리 프리츠 공작을 제거하고 내란을 종결시키는 게 먼저였다.

그리고 현재 팬드래건 백작가에서 함께 온 병사들은 서쪽 외벽 밖에서 천막을 치고 대기 중이었다.

크림슨 용병단을 비롯한 나이젤 일행과 브로드 공자 일행들만 먼저 수도에 들어온 상황.

그리고 이미 슈테른 제국 각지에서 오스마이어 공작을 따르는 귀족들이 수도 발할라에 속속들이 도착하고 있었다.

그들 또한 대부분의 병사들을 수도 서쪽 평야에 주둔시켜 놓고, 기사들이나 정예 병사들만 데리고 안으로 들어왔다.

서쪽 지역은 오스마이어 공작이 보호하고 있기에 굳이 모든 병사들이 들어올 필요는 없었다.

그리고 말이 정예 병사들만이지 적으면 수십 명에서 많게는 수백 명까지 되었다.

안전에는 걱정이 없는 상황.

또한, 만약 프리츠 공작이 최전선인 수도 중심 지역에서 서쪽으로 밀고 들어와도 괜찮았다.

외벽 문에서 빠르게 병력을 투입시킬 수 있도록 만전을 기하고 있었으니까.

"일단 오스마이어 공작님부터 만나러 가지. 작전은 그 이후다."

"네."

나이젤은 브로드와 함께 오스마이어 공작이 머물고 있는 장소로 향했다.

*　　　　*　　　　*

"그런 일이라면 오히려 이쪽에서 부탁하고 싶을 정도네."

오스마이어 공작은 만면에 웃음을 띠며 브로드를 바라봤다.

'팬드래건 백작가의 어린 용인가.'

팬드래건 백작가가 용인족의 후손이라는 사실은 제국 내에서 유명했다.

일반인이나 다른 수인족들과 비교해서 강자들이 많이 배출되는 가문이었으니까.

그뿐만이 아니다.

"역시 팬드래건 백작 가문의 후계자답군."

오스마이어 공작은 미소가 끊이질 않았다.

설마 프리츠 공작의 목을 자신들이 따러 가겠다고 할 줄이야.

"그럼 협력해 주시겠습니까?"

"흐음."

조심스러운 표정으로 물어보는 브로드의 말에 오스마이어 공작은 생각에 잠겼다.

지금 오스마이어 공작과 브로드가 있는 곳은 회의실이었다.

오스마이어 공작을 따르는 가신들과 여러 귀족들이 모여 있는 상황.

그 때문에 이곳에는 브로드 혼자뿐이었다.

나이젤은 노팅힐 영지의 대표로 왔지만 귀족도 아니고 변경 영지의 작은 세력이었기에 들어오지 못했다.

실제로 회의실에는 최소 백작 이상의 귀족들만 있었으며, 백작 이하의 귀족들은 회의실에 들어올 수조차 없었다.

그런 곳에서 오스마이어 공작은 어떻게 하면 좋을지 고민하고 있는 표정을 짓고 있는 것이다.

당연히 회의실에 있는 귀족들이 가만히 있을 리 없었다.

"터무니없군."

"상대가 프리츠 공작이라는 걸 모르는 건가?"

"브로드 공자, 전쟁이 쉽다고 생각하지 마시게."

여기저기서 귀족들이 쑥덕쑥덕거리고, 급기야 브로드에게 훈수를 두는 귀족들까지 나왔다.

그리고 그들 대부분은 못마땅한 기색을 드러내 보였다.

브로드가 프리츠 공작을 직접 노리겠다고 이야기했기 때문이다.

'과연 나이젤 백부장의 말대로군.'

하지만 브로드는 흔들림이 없었다.

오스마이어 공작과 대면하기 전에 나이젤로부터 이런저런 이야기를 들었기 때문이다.

그리고 상황은 나이젤의 말대로 흘러가고 있는 중이었다.

'귀족들이 불편해하고 공작이 생색을 낼 거라고 하더니.'

브로드는 속으로 쓴웃음을 지었다.

스윽.

그때 오스마이어 공작이 손을 들었다. 그러자 브로드를 향해 훈수를 두거나 불편한 기색을 보이던 귀족들이 모두 입을 다물었다.

조용한 적막감 속에서 오스마이어 공작은 입을 열었다.

"군사, 어떤가?"

오스마이어 공작은 자신의 오른팔이라고 할 수 있는 책사인 콘라트에게 질문을 던진 것이다.

"현재 전장은 수도 중심 지역입니다. 그곳으로 보낼 주력 병력은 뺄 수 없습니다."

"그럼 우리 제국의 어린 용에게 도움을 줄 부대는 없는가?"

그 말에 콘라트는 잠깐 생각하더니 답했다.

"그렇다면 프란시스카 남작 부대를 붙이는 게 어떻겠습니까?"

"프, 뭐?"

"서부 변경 지역에 작은 영지를 가진 남작가입니다. 마침 팬드 래건 백작가는 동부 변경 지역 영주인 노팅힐 남작가와 동맹을 맺었다고 알고 있습니다. 그럼 같은 변경 지역 남작가의 부대를 붙여주는 게 좋지 않을까 싶습니다만."

"오, 그래?"

오스마이어 공작은 작은 미소를 지었다. 자신의 진영에 프란 시스카라는 남작가의 부대가 있는지조차 몰랐다.

오스마이어 공작을 따르는 귀족들은 상당히 많은 편이었다.

그 때문에 작위가 낮고 하물며 변경 영지의 귀족까지는 알지 못했다.

아니, 알 필요도 없었고 알고 싶지도 않았다가 맞는 말일 것이다.

주변에 있는 고위 귀족들과 교류하는 것만으로도 충분했으니 까.

'프란시스카 남작이라고?'

반면 브로드는 속으로 살짝 긴장했다.

나이젤의 말로는 오스마이어 공작이 미안하다며 도움을 주지 않을 거라 이야기했기 때문이다.

그런데 나이젤의 말과 다르게 프란시스카 남작이 이끌고 있는 부대를 붙여주겠다고 하는 게 아닌가?

사실 브로드도 큰 기대는 하지 않았다.

그럼에도 오스마이어 공작을 만난 이유는 자신들이 프리츠 공작의 목을 따러 가겠다고 보고하기 위해서였다.

그런데 설마 진짜로 도움을 주겠다고 할 줄이야.

다만 문제가 하나 있었다.

'그런데 프란시스카 남작은 대체 누구지?'

그날 저녁.

오스마이어 공작과 만나고 돌아온 브로드는 바로 나이젤과 만났다.

나이젤은 자신에게 배정된 작은 집에서 쉬고 있는 중이었다.

"예? 라이네 남작 말입니까?"

나이젤은 놀란 표정으로 브로드를 바라봤다.

라이네 남작이라니?

원래는 팬드래건 백작군과 함께 프리츠 공작을 칠 계획이었다.

어차피 오스마이어 공작이 도와주지 않을 거라고 생각했으니까.

프리츠 공작의 목을 치는 건 당연히 오스마이어 공작도 원하는 바다.

만약 프리츠 공작의 위치가 판명된다면 곧장 그곳으로 병사들을 집중시켰을 터.

하지만 그러지 못하고 있는 건, 그 또한 프리츠 공작이 어디에 있는지 모르고 있기 때문이다.

그런 상황에서 아직 20대 초반에 불과한 새파랗게 어린 브로드가 프리츠 공작이 어디에 있는지 알아낼 수 있을 거라고는 생각도 하지 않았다.

오스마이어 공작조차 가문 내의 정보부를 총동원했지만 여전히 프리츠 공작의 거처는 오리무중이었으니까.

그럼에도 브로드에게 라이네 남작군을 붙여준 건 어디까지나 일종의 생색내기용이었다.

"그에 대해 알고 있나?"

놀란 표정을 짓고 있는 나이젤을 향해 브로드는 궁금한 얼굴로 물었다.

"아니요. 자세히는 아니지만 이야기를 들은 게 있어서요."

나이젤은 아무렇지 않다는 표정으로 답했다.

하지만 내심은 달랐다.

'미친, 대박이네.'

라이네 드 프란시스카 남작.

지금 이 시기에는 그다지 알려지지 않은 자다.

슈테른 제국 서쪽 변경 지역에 작은 영지를 가진 영주로, 크리스토퍼 드 오를레앙 백작의 휘하 귀족이었다.

삼국지로 친다면 라이네 남작은 유비였고, 크리스토퍼 백작은 공손찬에 해당한다.

그리고 트리플 킹덤 게임에서 슈테른 제국은 기본적으로 게르만어를 기반으로 한 라틴문자를 사용한다.

물론 나이젤은 이세계 플레이어의 칭호 효과로 별도의 학습 없이 언어와 문자를 이해하고 사용할 수 있었다.

또한, 수도 발할라를 중심으로 한 슈테른 제국 중심 지역은 도이칠란트, 동부 지역은 잉글랜드, 서부 지역은 프랑스를 기반으로 한 문화가 형성되어 있다. 그래서 지역에 따라 이름과 같은 고유 명칭이 달랐다.

'지금 시기라면…….'

나이젤은 트리플 킹덤 게임 속에서 보아왔던 라이네 남작에 대한 기억을 떠올렸다.

첫 번째 에피소드, 몬스터 플러드 시기, 라이네 남작은 크리스토퍼 백작 아래에서 몬스터 토벌을 하며 전공을 세운다.

그 후 크리스토퍼 백작과 함께 오스마이어 공작을 따르며 프리츠 공작 토벌전에 참여하는 걸로 알고 있었다.

아무래도 지금 시기에 라이네 남작이 합류한 모양.

그렇다면 문제 될 건 없었다.

"걱정할 건 없을 것 같습니다. 그분이라면 우리 작전에 찬동해 주고 큰 도움이 될 테니까요."

삼국지에서 유비는 어떤 인물인가?

나름 정이 많은 인물이었다.

그러니 전쟁을 빨리 끝내고자 하는 나이젤과 브로드의 작전에 도움이 되려고 할 것이다.

전쟁이 빨리 끝나야 고통받는 제국 백성들이 더 나오지 않을 테니까.

그뿐만이 아니다.

'발자크와 기욤도 함께하고 있겠지.'

라이네의 곁에서 몬스터 토벌을 하는 데 큰 공헌을 한 의형

제들.

바로 삼국지에서 유명한 관우와 장비다. 트리플 킹덤 게임에서도 그들은 삼국지와 마찬가지로 신분을 떠나 의형제를 맺었다.

즉, 라이네 남작군에는 무력이 90이 넘어가는 명장급 무장이 두 명이나 있다는 소리였다.

"그럼 결과적으로 잘된 일인가?"

"네. 우리들에게는 좋은 일이죠."

생각지도 못한 병력 증가와 강한 무력을 가진 무장들의 협력을 얻을 수 있게 된 상황.

"남은 건 프리츠 공작이 어디에 있는지 알아내는 것뿐이니까요."

이미 나이젤은 그림자 늑대들을 동원해서 프리츠 공작의 위치를 찾고 있었다. 남은 건, 결과를 기다리는 것뿐.

'아니면 흔들어도 되고.'

현재 프리츠 공작군은 대부분의 전력을 수도 중심에 투입해서 전투 중이었다.

그리고 동쪽 외성문 밖에는 오스마이어 공작 진영과 마찬가지로 프리츠 공작을 따르는 귀족들의 병사들이 모여 있는 상황.

다만, 오스마이어 공작군보다 병력이 적었다.

충분히 뒤치기를 노려볼 만했다.

"그럼 작전을 시작하기 전에 라이네 남작부터 만나봐야겠군요."

라이네 드 프란시스카.

발자크 드 슈발리에.

기욤 드 발리에르.

트리플 킹덤 게임 유저들 사이에서 인기가 특히 많았던 군주
와 무장들.

그들을 만난다는 생각에 나이젤은 기분이 들떴다.

가능하면 그들과는 동맹관계를 맺고 싶었다. 아군이라면 든든
하지만, 적이 되면 성가셔질 테니까.

'헬무트는 무리겠지.'

헬무트 폰 리히텐슈타인.

삼국지로 치면 조조에 해당하는 인물이다. 트리플 킹덤 게임
에서도 헬무트는 조조와 마찬가지로 야망이 큰 인물로 나온다.

그런 그와 대등한 동맹관계를 맺는다는 건 어려운 일이었다.

'뭐, 동맹을 맺지 못하는 건 아니지만 언제 뒤통수를 맞을지
알 수가 없으니.'

수도 없이 트리플 킹덤 게임을 플레이하면서, 헬무트와 동맹
을 맺은 적이 종종 있었다.

하지만 동맹관계가 오래가는 경우는 거의 없었다.

먹이를 노리는 사자가 발톱을 숨기듯, 목적을 위해 야망을 숨
기고 있던 헬무트가 기회만 생기면 발톱을 드러냈기 때문이다.

거기다 트리플 킹덤 게임에서 헬무트는 아인족들을 배척하는
인류 중심 사상을 가진 인물이었다.

현재 나이젤이 속해 있는 동부 지역은 아인족들이 많았다.

당장 팬드래건 백작가만 해도 용인족이지 않은가?

그뿐만이 아니다.

노팅힐 영지에도 다양한 아인족들이 살고 있으며, 그랜드 공방의 드워프들도 있었고, 하프 엘프인 아리아도 있었다.

또한, 그림자 늑대들도 늑대족 소녀인 미샤를 시작으로 대부분이 아인족들이었다.

다니엘도 늑대족이고 말이다.

그 때문에 아인족들을 배척하는 헬무트와 좋은 관계를 맺는다는 건 어려웠다.

그에 반해 알타이르 백작과 브로드는 아인족들은 물론 인간들에게 관대하며, 라이네 남작 또한 아인족들을 평등하게 대하는 편이었다.

그렇기에 나이젤은 그들과 동맹관계를 맺으려 한 것이다.

'아인족들이 얼마나 귀여운데.'

나이젤은 속으로 작은 미소를 지었다.

트리플 킹덤 세계의 아인족들은 대부분 동물 귀와 꼬리를 가지고 있을 뿐 인간과 다를 바 없었다.

물론 그런 외형적 특이성 때문에 아인족들은 대부분 귀여운 편이었다.

물론 그 이유뿐만은 아니다.

동물들의 특성을 가진 덕분에 그들의 신체 능력은 일반 인간들보다 뛰어났으니 말이다.

그래서 무장들 중에 아인족들도 제법 있었다.

"오스마이어 공작님이 연락하겠다고 했으니 곧 만날 수 있을 거야. 아마 내일 만날 수 있겠지."

라이네 남작은 크리스토퍼 백작을 통해서 이야기를 전해 들을 것이다.

조만간 그와 만날 수 있을 터.

"알겠습니다. 그럼 오늘은 이만 쉬도록 하지요."

이미 시간이 늦은 데다가, 팬드래건 백작이 영지에서 수도까지 오느라 좀 지쳐 있었다.

그래서 이미 라그나를 비롯한 크림슨 용병단들은 일찌감치 쉬러 갔고, 카테리나와 다니엘이 나이젤의 곁을 지켰다.

브로드의 일행들 또한 대부분 각자 배정받은 방에서 쉬고 있으며 알프레드와 가라드가 곁에 있을 뿐이었다.

"알겠네. 그럼 내일 보도록 하지."

"살펴 가십시오. 멀리는 안 나갑니다."

"바로 옆인데 멀리 갈 게 있나."

브로드는 피식 웃으며 말했다.

나이젤과 브로드는 각각 오스마이어 공작이 보호하고 있는 지역의 집을 한 채씩 배정받았다.

시민들이 피난을 간 터라 대부분 빈집들이었기에 그곳을 임시로 이용하고 있었던 것이다.

혹시나 프리츠 공작 진영의 병사들이 기습을 가해와도 누가 어디에 있는지 알 수 없기에 위장 효과도 있었다.

오스마이어 공작과 간부들의 경우에는 일정 시간마다 빈집을 돌며 프리츠 공작처럼 위치 파악을 하지 못하게 하고 있기도 했다.

"그럼 내일 찾아가겠습니다."

"알겠네."

그렇게 브로드와 나이젤은 서로 헤어졌다.

*   *   *

다음 날 오전.

라이네 남작과의 만남은 빠르게 이루어졌다.

브로드가 배정받은 집으로 라이네 남작 일행들이 찾아온 것이다.

"라이네 드 프란시스카 남작입니다. 만나서 반갑습니다, 브로드 공자님."

"브로드 팬드래건입니다. 만나서 반갑습니다."

브로드와 라이네는 서로 인사를 나눴다.

라이네 일행은 총 세 명이었다.

나이젤의 예상대로 라이네, 발자크, 기욤이 온 것이다.

"이쪽은 노팅힐 남작가에서 온 나이젤 백부장입니다."

이어서 브로드는 나이젤을 소개했다.

나이젤 또한 라그나, 다니엘, 카테리나와 함께 브로드를 만나러 왔었으니까.

"노팅힐 남작가에서 온 백부장 나이젤 입니다."

나이젤은 왼쪽 심장 위치에 오른쪽 주먹을 대고 절도 있는 동작으로 허리를 살짝 숙였다.

제국 군인의 인사법이었다.

'역시 히로인 캐릭터.'

나이젤은 다시 허리를 세우며 라이네를 바라봤다.

라이네는 20대 중반으로 보이는 아름다운 여성이었다.

그리고 트리플 킹덤 게임에도 히로인들이 존재한다.

대부분 여군주들이거나 여무장들이다.

거기다 결혼 시스템도 있기에 여군주들이나 여무장들과 맺어져서 세력을 확대하는 경우도 있었다.

그리고 라이네는 히로인들 중에서도 유저 인기 순위 1, 2위를 다투는 여군주였다.

또한, 유저가 여군주로 플레이하는 것도 가능했다.

참고로 다른 영주로 플레이할 경우 알타이르 백작 또한 히로인으로서 공략할 수 있었다.

물론 유저가 알타이르 백작을 선택해서 플레이할 수도 있고 말이다.

"만나서 반가워요, 나이젤 백부장님."

라이네는 나이젤을 향해 화사한 미소를 지으며 말했다.

그런 그녀의 아름다운 모습에 브로드를 시작으로 거의 모든 남성들이 넋이 나간 표정을 지었다.

허리까지 내려오는 아름답고 풍성한 황금빛 머리카락.

신비하게 빛나는 에메랄드 같은 초록색 눈동자.

그리고 백옥같이 하얀 피부와 새하얀 배틀 드레스까지.

트리플 킹덤 게임에서 그녀는 순백의 여신이라고 불릴 정도로 아름다운 미녀였으니까.

그뿐만이 아니다.

난세에서 그녀는 고통받는 일반 백성들에게 손을 내밀어주었다.

그녀 또한 군웅할거가 시작되면 군주가 되어 들고일어난다.

그 이유는 한 명이라도 더 많은 사람들을 구하기 위해서였다.

그런 그녀의 행동에 트리플 킹덤 게임의 NPC들뿐만이 아니라 유저들도 여신이라고 불렀다.

'벌써부터 매력이 높은 건가?'

나이젤은 라이네의 신비하게 빛나는 초록색 눈동자 속으로 빠져드는 느낌을 받았다.

아니, 실제로 나이젤과 라그나를 제외한 모든 인물들이 라이네에게서 눈을 떼지 못하고 있었다.

'발자크와 기욤은 괜찮은 모양이군.'

라이네의 뒤에서 발자크와 기욤은 희미한 미소를 짓고 있었다.

라이네의 매력에 빠지는 게 당연하다는 듯한 표정이었다.

"저도 만나서 반갑습니다, 프란시스카 남작님."

나이젤은 얼굴색 하나 바꾸지 않고 라이네의 눈을 똑바로 바라보며 대답했다.

그러자 라이네의 초록빛 눈에서 이채가 스쳐 지나갔다.

그리고 발자크와 기욤도 살짝 놀란 표정을 지었다.

라이네의 매력에 나이젤이 영향을 받지 않은 것처럼 보였으니까.

어디 그뿐인가?

"그리고 이분은 크림슨 용병단 단장, 라그나 로드브로크입니다."

"라그나 로드브로크요."

나이젤의 소개에 라그나는 라이네를 향해 한마디 툭 내뱉었
다.

"라그나?"

라이네는 살짝 놀란 표정을 지었다.

크림슨 용병단에 대해서라면 소문으로 들어서 알고 있었으니
까.

거기다 지금까지 자신의 외모에 호감을 보인 남성들이 들이대
는 경우가 많았다.

그래서 곤란한 상황에 처한 적도 종종 있었다.

그런데 발자크와 기욤을 제외하고 무려 두 명이나 자신을 아
무렇지 않게 대하는 인물이 있는 게 아닌가?

"소문이 자자한 크림슨 용병단의 단장님을 만나서 반갑네요."

라이네는 고개를 숙이며 라그나와 인사를 나눴다.

크림슨 용변단의 단장, 라그나가 강하다는 소문은 제국 전체
에 알려져 있었으니까.

그렇게 라그나와 라이네가 인사를 나누는 사이 나이젤은 그
녀의 상태창을 눈앞에 띄웠다.

[상태창]

이름: 라이네 드 프란시스카.

종족: 인간. 연령: 25세.

타입: 문관. 직위: 영주.

클래스: 프리스트.

고유 능력: 녹색의 마안(S), 수호의 축복(A), 치유(A), 기적(A), 큐

어(A).

무력(45/73), 통솔(67/75).

지력(73/74), 마력(64/70).

정치(71/78), 매력(98/100).

'역시 사기캐.'

전반적으로 모든 잠재 능력들이 70대였으며 매력은 압도적으로 높았다.

매력만 놓고 보면 탈인간급.

평범한 인간이나 아인족들의 최대 잠재 능력 한계치는 99까지였다.

하지만 라이네는 100이었다.

인간의 한계를 벗어난 것이다.

다만, 현재 능력치가 98이었기에 아직은 인간의 범주에 속해 있긴 했다.

그렇다고 해도 매력 수치가 98이나 되기 때문에 남자든 여자든 그녀를 보면 매료될 수밖에 없었다.

'고유 능력이 미쳤다니까.'

어디 그뿐인가?

라이네가 가진 고유 능력도 어마어마했다.

문관 쪽 클래스들 중 하나인 프리스트인 그녀는 상대를 치유하거나 버프를 걸어주는 능력을 가지고 있었다.

그것도 A급으로 말이다.

하지만 그녀를 진정 위협적으로 만들어주는 능력은 등급 S인

녹색의 마안이었다.

[녹색의 마안]
등급: S.
숙련도: 100%.
효과: 시선을 마주한 상대를 매료시켜서 호감을 올린다. 호감을 최
대로 올려서 사랑에 빠지게 만들 수 있다.

녹색의 마안은 상대를 매료시키는 마안들 중 하나로 아델리
나가 가지고 있는 매혹안(A)보다 성능이 좋았다.
하지만 나이젤에게는 먹히지 않았다.

[용안(S)의 정신 방벽이 발동합니다. 매료에 저항합니다.]

용마지체가 된 나이젤은 S급 마안들 중에서도 상위권에 있는
용안을 가지고 있었으니까.
그 덕분에 나이젤은 정신과 관련된 공격에는 면역이 되어 있
었다.
당연히 같은 등급인 라이네의 마안은 통하지 않는다.
라그나 또한 마스터의 경지에 올라서 있는 인물이었기에 라이
네의 마안이 통하지 않았다.
마스터의 경지에 들면 정신 방벽 능력 정도는 생기니까.
'그래도 지금은 마안의 힘을 어느 정도 억누르고 있나 보군.'
녹색의 마안은 힘 조절이 가능했다.

만약 라이네가 마안의 힘을 완전히 개방했다면 나이젤과 라그나를 제외한 인물들은 그녀에게 빠져서 헤어 나오지 못하고 있었을 것이다.

하지만 녹색의 마안은 S급이었기 때문에 전력으로 사용하면 그만큼 라이네의 정신에 부담이 걸린다.

정신계 스킬은 지력과 마력의 영향을 많이 받는데 현재 라이네는 70대였으니 말이다.

그 때문에 라이네는 평소 힘을 억누르고 있었으며, 마안의 힘이 필요할 경우 적당히 가감을 가하면서 사용해 왔다.

그리고 라이네의 마안이 무서운 점은 언제, 어떻게 썼는지 알아챌 수 없다는 점이었다.

기본적으로 라이네가 마안을 개방하든, 하지 않든 남성이라면 대부분 그녀에게 호감을 보인다.

현재 매력 수치가 무려 98이었으니 말이다.

그 정도면 여자들조차 라이네에게 호감을 보일 정도였다.

그리고 녹색의 마안은 바로 그 호감을 증폭시킨다.

설령 상대가 호감을 가지지 않는다고 해도 상관없었다.

마안의 힘을 사용하면 자연스럽게 호감이 생겨나니까.

그녀의 미모와 마안에 넘어오지 않는 사람은 거의 없다고 봐도 무방했다.

물론 정신 방벽 능력을 가지고 있거나, 혹은 정신계 스킬에 대항할 수 있는 지력이 높다면 녹색의 마안에 저항할 수 있지만 말이다.

아무튼 그 때문에 마안을 어떻게 쓰느냐에 따라 그녀는 마녀가 될 수도 있고, 성녀가 될 수도 있었다.

그리고 라이네는 마안으로 자신을 따르는 병사들의 사기를 고양시키거나, 혹은 상처 입은 자들을 치료할 때 마음의 안정을 주는 용도로 사용해 왔다.

그래서 그녀가 성녀로 불리고 있는 것이다.

다만, 지금은 녹색의 마안을 조금 개방한 상태였다.

"프리츠 공작을 직접 잡으러 가신다고 들었는데 정말인가요?"

팬드래건 백작가와 변경 영지에서 온 작은 영지군이 프리츠 공작의 목을 따러 가겠다는 이야기를 들었으니까.

대귀족인 오스마이어 공작조차 전전긍긍하며 하지 못한 일을 아무리 팬드래건 백작가라고 해도 어떻게 할 수 있겠는가?

그래서 라이네는 자신의 힘을 살짝 개방해서 팬드래건 백작가의 의도를 알아보려고 했다.

그런데 무려 두 명이나 마안에 넘어오지 않을 줄이야.

물론 라그나는 그럴 수 있다고 생각했다. 크림슨 용병단의 단장이자 마스터의 경지에 든 강자였으니까.

하지만 라그나는 라이네가 마안을 발동 중이라는 사실까진 인지하지 못했다. 녹색의 마안은 자연스럽게 상대의 호감을 이끌어내고 증폭시키는 것이었으니까.

대놓고 매혹이나, 유혹같이 정신 공격을 가하는 게 아니었기에 알아차리기가 쉽지 않았다.

"네, 맞습니다."

라이네의 물음에 나이젤이 대답했다.

그러자 라이네는 신기한 표정으로 나이젤을 바라봤다.

'대체 뭐 하는 사람일까?'

다른 사람들은 자신을 향하여 굉장히 호의적이고 말이라도 한번 걸어보고 싶은 눈빛을 보내고 있었지만, 나이젤은 그냥 무덤덤해 보였기 때문이다.

대체 어떻게 자신의 마안에도 저렇게 평온한 표정을 짓고 있는 것일까?

그리고 프리츠 공작을 잡으러 간다는 사람들치고는 너무 여유롭지 않은가?

"그게 가능한 일입니까?"

그때 라이네의 등 뒤에 서 있던 발자크가 앞으로 한 걸음 나서며 입을 열었다.

이제 약 20대 후반으로 보이는 청년.

삼국지로 치면 관우에 해당하는 그는 칠흑같이 검은 머리카락과 붉은빛이 감도는 피부를 가지고 있었다.

그리고 이목구비가 잘 드러나 있으며 강직한 인상이었다.

[상태창]

이름: 발자크 드 슈발리에.

종족: 인간. 연령: 29세.

타입: 무관. 직위: 기사.

클래스: 랜서.

고유 능력: 창술(S), 전신(A).

무력(91/97), 통솔(85/95).

지력(70/75), 마력(90/95).

정치(55/62), 매력(70/93).

'역시 발자크.'

발자크의 상태창을 확인한 나이젤은 속으로 혀를 내둘렀다.

트리플 킹덤의 시간대로 본다면 지금은 게임 초반이었다.

하지만 발자크는 이미 무력 90을 돌파하고 마스터의 경지에 도달해 있었다.

어디 그뿐인가?

고유 능력 또한 카테리나와 같은 창술 S급에 전신 A급도 있었다.

'전신은 자신보다 약한 자들에게 위압감을 주는 능력이지.'

거기에 게임상에서는 자신보다 낮은 무력을 가진 자들을 상대로 크리티컬 대미지를 준다.

이러한 크리티컬 대미지 자체도 결코 적지 않지만, 무엇보다 전신의 능력을 휘하 병사들에게 공유까지 시킬 수 있는 사기적인 효과도 있었다.

그 때문에 발자크는 전술의 신, 전쟁의 신이라고 불렸다.

"그건 저도 확신할 수 없습니다. 하지만 불가능하다고 생각했다면 시작도 하지 않았을 겁니다."

나이젤은 질문한 발자크를 바라보며 말했다.

발자크는 무력이 강할 뿐만이 아니라 머리도 비상한 인물이었다.

그렇기에 라이네와 함께 의심하고 있었다.

과연 프리츠 공작을 잡는 일이 가능한지 말이다.

"가능하다고 생각하시는군요."

"예."

라이네의 말에 나이젤은 고개를 끄덕이며 긍정했다.

그러자 발자크가 다시 입을 열었다.

"그럼 프리츠 공작이 어디에 있는지 알고 있는 겁니까?"

"아니요."

"프리츠 공작이 어디에 있는지 모른다면 잡으러 간다는 건 불가능한 일이지 않습니까?"

"지금은요. 다만, 프리츠 공작을 찾는 거라면 몇 가지 방법이 있습니다."

"방법? 혹시 그 방법 중에 병사들을 프리츠 공작 진영의 후방에 투입하는 것도 있습니까?"

"잘 알고 계시네요."

발자크의 말에 나이젤의 눈이 빛났다. 프리츠 공작 진영의 후방을 친다면 변화가 생길 것이다.

그 와중에 프리츠 공작의 위치를 찾는 방법도 나이젤은 염두에 두고 있었다.

"프리츠 공작의 진영이 어떤지 모르시나요? 그 방법이라면 이미 크리스토퍼 백작님이 생각하셨습니다. 결국 포기하셨지만요."

'물론 그렇겠지.'

라이네의 말에 나이젤은 속으로 피식 웃었다.

트리플 킹덤은 기본적으로 전쟁을 중심으로 한 전략 시뮬레이션 게임이다.

당연히 전쟁 중에 온갖 일이 생겨나며 뒤치기나 빈집 털이 같은 전법은 흔할 정도였다.

그러니 삼국지라고 치면 공손찬인 크리스토퍼 백작이나 라이네조차도 프리츠 공작 진영 뒤를 치는 걸 생각했을 것이다.

하지만 결국 크리스토퍼 백작과 라이네는 포기할 수밖에 없었다.

"프리츠 공작의 병사들은 이상할 정도로 강해요. 기사들도 말도 안 되게 강하고요. 그리고 성벽 위로는 타워들로 방어 준비를 완벽하게 해둔 상태입니다. 섣불리 공격했다가는 큰 피해를 입을 거예요."

라이네는 자신이 알고 있는 정보들을 나이젤에게 이야기했다.

프리츠 공작 진영의 주력 병력은 수도 발할라의 중심부에 집중되어 있다.

그래서 상대적으로 후방이 약할 거라고 생각할 테지만 실상은 그렇지 않았다. 후방의 방비 또한 잘되어 있었기에 까닥 잘못하면 큰 피해를 입을 수 있었던 것이다.

"괜찮습니다. 크림슨 용병단을 투입하면 되니까요. 그리고 딱히 후방을 뚫을 필요는 없습니다. 교란만 할 생각이거든요."

나이젤은 작은 미소를 지으며 말했다.

"아."

그 말에 라이네는 깨달았다.

눈앞에 있는 청년과 자신의 생각에 차이가 있다는 사실을.

프리츠 공작의 후방을 친다는 사실에는 변함이 없었지만 목적이 달랐다.

라이네는 프리츠 공작의 후방 진영을 뚫어서 수도 발할라의 서쪽 외성문이 있는 구역을 점령할 생각이었다.

그에 반해 나이젤은 크림슨 용병단과 같은 소수 정예들로 후방을 교란만 할 생각이었으니까.

둘의 난이도는 상당한 차이가 난다.

"프리츠 공작의 진영을 흔들 생각인가 보군요."

"네."

굳이 후방을 점령할 필요 없이, 소수 정예로 교란만 해주어도 오스마이어 공작 진영에 도움이 될 터였다.

거기에 프리츠 공작이 모습을 드러내 준다면 더할 나위 없겠지만 말이다.

"그런데 그런다고 과연 프리츠 공작이 모습을 드러낼까요?"

"물론 그렇진 않겠죠."

어디서 뭘 하고 있는진 모르지만, 프리츠 공작은 현 황실에 반기를 든 이후 두문불출하고 있었다.

겨우 후방교란을 한 정도로 프리츠 공작이 모습을 드러내진 않을 것이다.

"하지만 그것만으로도 충분합니다."

나이젤은 라이네와 발자크를 바라보곤 입꼬리를 치켜올리며 웃었다.

요컨대, 나이젤이 프리츠 공작 진영의 후방을 교란하려는 이유는 한 가지였다.

'우리 집 늑대들이 움직이기 쉽게 만들어줘야지.'

즉, 판을 까는 것이다.

지금 수도 발할라에서는 그림자 늑대들이 조용히 프리츠 공작을 찾기 위해 암행 중이었으니까.

나이젤은 그들이 쉽게 일을 하기 위해 도움을 줄 생각이었다.

"겨우 그 정도로 프리츠 공작을 찾을 수 있는 것입니까?"

"네."

자신의 물음에 자신만만하게 대답하는 나이젤의 말에 발자크는 의심스러운 표정을 지었다.

그림자 늑대들에 대해서 알지 못하니 그럴 수밖에.

"대체 무슨 수로……."

발자크는 재차 나이젤에게 묻기 위해 입을 열었다.

그때 발자크의 말을 자르며 나서는 인물이 있었다.

"아니, 형님, 무슨 말이 그렇게 많소. 그냥 프리츠 그놈 목을 따면 끝나는 일 아니오? 난 심플해서 좋구만."

Chapter

7

"기욤."

발자크는 못마땅한 눈초리로 기욤을 바라봤다.

발자크의 말을 자르며 나선 인물은 다름 아닌 셋 중 막내인 기욤이었던 것이다.

"발자크 형님, 프리츠 공작 놈을 찾는 데 방법이 뭐가 중요합니까? 어떻게든 놈을 찾아서 족칠 생각을 해야지."

기욤은 이곳에 있는 사람들 중에서 가장 나이가 어렸다.

20대 초반밖에 되지 않았으며, 성격 또한 단순했다.

앞뒤 가리지 않고 뛰어드는 탓에 골치 아프지만 그래도 라이네나 발자크의 말은 잘 들어주었기에 다행이라고 할 수 있었다.

[상태창]

이름: 기욤 드 발리에르.

종족: 인간. 연령: 24세.

타입: 무관. 직위: 기사.

클래스: 버서커.

고유 능력: 도끼술(S), 투신(S), 괴력(S), 재생(A).

무력(92/98), 통솔(71/85).

지력(25/30), 마력(75/90).

정치(10/22), 매력(38/45).

'와.'

기욤의 상태창을 확인한 나이젤은 침음성을 삼켰다.

삼국지의 장비에 해당하는 인물.

무력만 놓고 보면 관우보다도 높다.

비록 1포인트 차이라고 해도, 무력 수치가 90 이상이기에 어지간한 일이 아니고서는 기욤이 지는 일이 없을 것이다.

삼국지에서 장비가 여포와 라이벌 관계였던 것처럼 트리플 킹덤 게임에서도 마찬가지였으니까.

이 세계에서 라그나에게 맞설 수 있는 몇 안 되는 인물.

그 때문에 기욤의 고유 능력 또한 사기적인 게 많았다.

'투신에, 괴력에, 재생에.'

나이젤은 속으로 혀를 내둘렀다.

고유 능력도 발자크를 넘어선다.

투신은 전신과 비슷하지만 한 가지 다른 점이 있었다.

트리플 킹덤 게임상에서 무력이 자신보다 높은 상대에게도 치명적인 일격을 가할 수 있었던 것이다.

거기에 보기만 해도 무슨 능력인지 알 수 있는 괴력과 재생까지.

'이건 뭐 완전 괴물 아냐?'

압도적인 힘과 순식간에 상처를 치료하는 자체 치유 능력을 가진 마스터 경지의 젊은 기사.

최소 발자크 정도 되는 강자가 아니라면 기욤을 상대하기 힘들 것이다.

'게임이랑 큰 차이는 없네.'

나이젤은 라이네, 발자크, 기욤을 바라보며 속으로 작게 웃었다.

항상 모니터 화면으로만 보던 그들을 실제로 보니 감동이 밀려옴과 동시에 감회가 새로웠다.

삼국지와 마찬가지로 트리플 킹덤에서도 눈앞에 있는 세 명은 인기가 높은 인물들이었으니까.

'가능하면 적이 되는 건 피하고 싶은데······.'

마음 같아서는 휘하에 넣거나, 아니면 최소한 팬드래건 백작가처럼 동맹관계를 맺고 싶을 정도.

어쨌든 같은 편이 되는 게 여러모로 득이었다.

라이네를 따르고 있는 발자크와 기욤은 이 세계관에서 손꼽히는 강자들이었으니까.

'뭐, 현재로서는, 이지만.'

트리플 킹덤은 삼국지를 기반으로 한 판타지 게임이다.

그래서 초중반까지는 삼국지 시나리오와 비슷하게 흘러간다.

하지만 후반에 다다르면 삼국지와 다르게 인간을 뛰어넘는 이종족들 중에서 강자들이 대거 등장하는 시나리오가 나온다.

물론 그때도 발자크와 기욤은 한 손가락에 꼽히는 강자들이었다.

다만, 발자크와 기욤 못지않은 수준의 강자들이 대거 등장할 뿐.

즉, 마스터 경지에 다다른 존재들이 지금보다 많이 등장한다는 소리였다.

아무튼.

"기욤 경의 말에 저도 동의합니다. 프리츠 공작을 찾는 건 저한테 맡겨주십시오. 여러분들은 프리츠 공작을 잡는 데 저희를 도와주시면 됩니다."

나이젤은 티격태격 서로 말을 주고받고 있던 발자크와 기욤에게 한마디 던졌다.

"거참. 말 한번 시원하게 하는구만! 마음에 들어!"

그 말에 기욤이 반색을 하며 광소를 터뜨렸다.

[프란시스카 남작 영지군의 기사, 기욤 드 발리에르가 당신을 마음에 들어 하고 있습니다. 호감도가 10 상승합니다.]

[현재 당신에 대한 기욤의 호감도는 40입니다. 기욤이 당신에게 관심을 가집니다.]

'이 타이밍에?'

눈앞에 떠오른 호감도 메시지에 나이젤은 속으로 피식 웃었다.

기욤 또한 라그나와 겹치는 부분이 많은 인물이었다.

술 좋아하고, 싸움 좋아하고, 복잡한 건 또 싫어하고.

그랬기에 기욤은 자신이 무엇을 해야 할지 단순명료하게 말하는 나이젤이 마음에 든 모양이었다.

나이젤로서도 나쁘지 않았다.

기욤을 시작으로 발자크나 라이네의 호감을 얻는다면 앞으로 공사 치기가 편할 테니까.

트리플 킹덤 게임에서 공사를 친다는 말은 강력한 무장들이나 군주들을 영입하기 위해 작업을 한다는 의미였다.

"그럼 후방교란은 어떻게 할 생각이신가요?"

라이네는 나이젤을 바라보며 질문을 던졌다. 그런 그녀를 나이젤은 무심히 바라봤다.

[용안을 발동합니다.]

라이네에게서 피어오르고 있는 감정의 오라는 회색이었다.

'의심하고 있군.'

회색은 상대를 믿지 못할 때 보이는 감정의 오라였다.

나이젤은 라이네의 생각을 어렴풋이 알 수 있었다.

분명 후방교란을 팬드래건 백작가에서 담당하는 게 아니라 프란시스카 남작에게 전부 맡길 거라고 생각하고 있는 것일 터.

아무리 후방을 교란만 시킨다고 하더라도 피해가 나올 수밖에 없었다.

반면 팬드래건 백작가의 병사들은 어떤가?

아무런 피해가 없을 것이다.

프란시스카 남작군이 후방교란을 하는 동안 전투에 참전하지 않으니까.

"그 점은 걱정하지 마십시오. 후방교란은 어디까지나 그럴 수 있다는 것일 뿐이니까요. 만약 후방교란이 필요하다면 라그나 단장을 포함한 크림슨 용병단원들을 투입할 생각입니다. 프란시스카 남작군에는 발자크 경과 기욤 경이 도와주시면 감사하겠군요."

"소수로 말인가요?"

"네."

놀란 표정으로 반문하는 라이네의 모습에 나이젤은 고개를 끄덕였다.

애초에 라이네는 잘못 생각하고 있었다. 후방교란은 마지막에 가서나 할 생각이었고, 만약 그래야 한다면 소수 정예로 움직일 계획이었다.

"굳이 병사들을 투입할 필요가 있습니까? 어차피 투입해 봤자 갈려 나가기만 할 텐데요."

"그건… 그렇지요."

나이젤의 말에 라이네는 고개를 끄덕이며 긍정했다.

라이네 스스로가 프리츠 공작군의 후방이 어떤 상황인지 잘 알고 있었다.

아무리 정예 병사들을 투입한다 해도 후방 진영을 상대하면 큰 피해가 발생할 터였다.

하지만 그에 반해 무력 80 이상의, 경지로 치자면 익스퍼트 최상급들과 마스터 경지의 인물들을 투입하면 어떨까?

"묘안이라고 생각합니다. 그들이라면 피해가 적겠죠."

어디까지나 작전의 목표는 후방교란이다. 후방을 뚫는 게 아니다.

그냥 후방에서 날뛰다가 적당할 때 물러나기만 하면 된다.

크림슨 용병단원들과 발자크, 기욤이라면 아무리 프리츠 공작군의 병사들이 강하고, 무력 80의 영웅급 기사들이 뛰쳐나온다고 해도 충분히 몸을 빼낼 수 있을 테니까.

"그리고 프리츠 공작의 위치가 판명 나도 인원을 많이 움직일 생각은 없습니다."

처음부터 나이젤은 소수 정예로 시작해서 소수 정예로 끝낼 생각이었다.

팬드래건 백작가의 병사들은 프리츠 공작군을 견제만 해주어도 충분했다.

"그렇군요."

라이네는 고개를 끄덕이며 물러났다.

[당신에게 라이네가 호감을 가집니다. 호감도가 5 상승합니다.]
[당신에 대한 라이네의 호감도는 35입니다. 라이네가 당신에 대해 호기심을 가집니다.]

'오해가 풀렸나 보군.'

나이젤은 속으로 피식 웃었다.

라이네에게서 풀풀 날리던 회색 오라가 사라지고 없었다.

애초에 라이네는 나이젤이 자신들을 이용해 먹을 생각이지 않을까 의심했었다.

하지만 나이젤의 말을 들은 뒤 의심을 풀고 오히려 호기심을 조금 가지게 된 모양.

그때 발자크가 나이젤을 향해 질문을 던졌다.

"그럼 만약 프리츠 공작이 본진 안에 있다면 어떻게 할 생각입니까?"

"그럴 리는 없을 겁니다."

나이젤은 고개를 저으며 답했다.

나이젤이 소수 정예로 프리츠 공작을 치려고 하는 가장 큰 이유가 있었다.

바로 프리츠 공작이 본진 안에 있지 않다는 사실을 알고 있었기 때문이다.

"프리츠 공작이 본진에 있다면 모를 리가 없지요. 그는 다른 곳에 있습니다."

만약 프리츠 공작이 본진 안에 있다면 소수 정예 작전은 통하지 않는다.

수많은 프리츠 공작군의 병사들을 상대해야 하니까.

소수로 조용히 침투하는 건 무리였다.

"어째서 그렇게 단정 지으시는 거죠?"

이번에는 라이네가 고개를 갸웃거리며 질문했다.

아직 프리츠 공작이 어디에 있는지 파악을 하지 못하고 있는 상황.

본진 중앙에 있을 가능성도 있지 않은가?

"개인적인 정보통이 있거든요. 프리츠 공작은 본진에 없습니다."

하지만 나이젤은 한순간의 망설임도 없이 자신했다. 이미 미샤로부터 전서구를 전해 받았으니까.

프리츠 공작군이 주둔하고 있는 수도 발할라의 서쪽 외성문 부근에 프리츠 공작은 없다고 말이다.

"믿을 수 있는 정보통입니까?"

"네. 그 점에 관해서라면 걱정하지 않아도 됩니다. 이미 팬드래건 백작가도 능력을 인정했으니까요."

그 말에 라이네 일행들의 시선이 브로드를 향했다.

갑작스러운 그들의 시선에 브로드는 살짝 당황했다가 바로 고개를 끄덕여 보였다.

"그들이라면 믿을 수 있습니다. 덕분에 프리츠 공작의 음모를 막을 수 있었으니까요."

"프리츠 공작의 음모요? 실례가 아니라면 이야기를 들어봐도 되겠습니까?"

브로드의 말에 발자크는 흥미로운 표정을 지으며 말했다.

그 말에 브로드는 반사적으로 나이젤을 바라봤다.

그림자 늑대들에 관해서는 나이젤이 깊게 연관되어 있다는 사실을 잘 알고 있었으니까.

그리고 브로드의 시선에 나이젤은 고개를 끄덕였다.

프란시스카 남작 가문과는 좋은 관계를 맺을 생각이었기에 숨기는 건 없는 게 나았다.

"실은……."

그렇게 브로드는 라이네 일행들은 물론, 아직 아이리와 관계되어 있는 프리츠 공작의 음모에 대해 잘 모르고 있는 라그나를 비롯한 크림슨 용병단원들에게 이야기를 시작했다.

물론 카테리나와 다니엘도 함께 이야기를 들었다.

"그런 일이……."

브로드의 이야기가 끝나자 처음 이야기를 들은 사람들은 다들 놀란 표정을 지었다.

설마 프리츠 공작이 팬드래건 백작 가문의 어린 영애인 아리아를 상대로 독 실험을 하고 있을 줄은 몰랐으니 말이다.

"그래서 프리츠 공작을 토벌하기 위해 팬드래건 백작가에서 출병하신 겁니까?"

"그런 셈이지요. 어머님께서 프리츠 공작의 목을 따겠다고 여간 성화가 아니셔서……."

그때를 떠올린 브로드는 진절머리 난다는 표정으로 고개를 절레절레 흔들었다.

그리고 브로드의 이야기 덕분인지 분위기가 조금 화기애애해졌다.

그 모습을 지켜본 나이젤은 입가에 작은 미소를 지었다.

'이제 남은 건 미샤를 기다리는 것뿐인가.'

남은 건, 그림자 늑대들이 프리츠 공작의 위치를 조사하는 걸 기다리는 것뿐.

프리츠 공작군의 후방교란은 그림자 늑대들이 도움을 요청했

을 경우에 실행할 계획이었기에 이러나저러나 지금은 기다려야
할 때였다.

'뭐, 그동안 프리츠 공작 진영 정찰 정도는 해봐야겠지.'

기다린다고 해서 연락이 올 때까지 아무것도 하고 있지 않을
생각은 없었다.

유사시에 움직이기 위해서 프리츠 공작 진영을 정찰할 생각이
었다.

프리츠 공작군의 병사들과 기사들이 터무니없이 강해졌다는
이야기도 신경 쓰였으니 말이다.

그렇게 나이젤이 생각한 순간.

쿠구구구구구궁!

"뭐, 뭐야?"

"지진인가?"

순간 어마어마한 진동이 나이젤이 있는 회의실을 덮쳤다.

그뿐만이 아니다.

나이젤의 눈앞에 생각지도 못한 시스템 메시지가 떠올랐다.

[경고! 슈테른 제국 수도 발할라에서 이레귤러 현상이 발생하였습
니다! 긴급히 이레귤러 현상을 일으킨 프리츠 폰 오벨슈타인 공작을
제거하십시오!]

'뭐?'

이레귤러 현상이 발생했다니?

눈앞에 떠오른 시스템 메시지를 확인한 나이젤은 눈살을 찌

푸렸다.

이 와중에도 지면은 계속 흔들리고 있었다.

"밖을 보세요!"

그때 라이네가 일행들을 향해 소리쳤다. 그 말에 회의실에 있던 사람들은 창문을 바라봤다.

회의실 창문은 수도 중심부를 향해 나 있었으니까.

덕분에 일행들은 창문 밖 너머로 수도 중심부에서 폭염과 새까만 연기가 피어오르는 모습을 볼 수 있었다.

"대체 무슨 일이……?"

그 모습을 본 일행들은 놀란 표정을 지었다.

[긴급 상황! 수도 발할라의 중심부 지하에서 미약한 ㅁㅁ의 반응을 확인!]

'이건 또 뭔데?'

눈앞에 떠오른 메시지에 나이젤은 일행들과는 다른 의미로 놀란 표정을 지었다.

시스템 메시지 일부가 검열되어 나왔기 때문이다.

[큰일 났어요! 이 세계로 ㅁㅁ이 소환되고 있는 중이에요!]

이어서 레나엘이 직접 등판했다.

얼마나 급했으면 시스템 메시지가 아니라 본인이 직접 나타난 것일까.

하지만 그럼에도 메시지는 여전히 검열이 된 채였다.

'ㅁㅁ이 뭔데? 시스템이 고장 났나?'

[아, 죄송합니다. 현재 나이젤 님의 등급으로는 알 수 없는 정보입니다.]

'이 상황에서도?'

[네.]

레나엘의 메시지에 나이젤은 혀를 찼다.
'이거 뭐 서러워서라도 빨리 등급을 올리든가 해야겠네.'

[저도 어쩔 수 없어요. 차원 정보통신 보호법 때문에……]

'…거기도 정통법이 있다고?'

[네.]

나이젤은 기가 막혔다.
그러니까 차원 정보통신 보호법 때문에 수도 발할라에서 무언가가 소환되고 있는 중인데 설명을 할 수가 없다는 소리였으니까.

[그리고 지금 소환되고 있는 존재는 절대 이름을 불러서는 안 돼요. 굉장히 위험하거든요.]

이름을 불러서는 안 되는 존재.
'이름을 불러서는 안 된다니.'
대체 얼마나 위험하다는 소리일까?

[아무튼 수도 발할라의 지하에서 벌어지고 있는 소환 의식을 막지 못하면 큰 피해가 발생할 거예요. 빨리 막아야 해요.]

'하, 카오스 마족들 막은 지가 엊그제 같은데. 지하에서 뭔지 알 수도 없는 존재가 소환되고 있다고?'
아, 그냥 날 좀 내버려 뒀으면.
뒷골이 당긴 나이젤은 손으로 눈을 가렸다.
잘은 모르겠지만, 아무래도 카오스 마족들이 침공한 사건만큼 큰일이 생긴 모양이었다.

[그럴 수는 없어요. 만약 소환이 완료되면······.]

'완료되면?'

[대륙 절반이 소멸할지도······.]

'……'

레나엘의 메시지에 나이젤은 멍한 표정을 지었다.

아크 대륙의 절반이 소멸한다니?

'실화냐?'

[네. 그러니 어서 빨리 ㅁㅁ을 소환하려고 하는 프리츠 공작을 막아야 해요.]

'아, 이놈의 정통법……'

진짜 등급을 빨리 올리든가 해야지.

나이젤은 또 다시 검열되어 나온 레나엘의 메시지를 바라보며 속으로 한숨을 내쉬었다.

'아니, 그런데 프리츠 공작 이놈은 미친 거 아니야? 왜 그런 위험한 놈을 소환 중인 거야?'

[그건 저도 잘……]

나이젤은 기가 막혔다.

대체 무슨 이유로 프리츠 공작이 정체도 모를 위험하기 짝이 없는 존재를 소환하고 있는 것일까?

'게임보다 현실이 더 막장이네.'

적어도 트리플 킹덤 게임에서는 카오스 마족들이나 지금 같은 위험한 존재들이 등장한 적은 없었다.

프리츠 공작 또한 2황자를 내세워서 섭정이 되려고 했을 뿐이었다.

지금처럼 반란을 일으키거나, 정체불명의 존재를 소환한다거나 하는 짓은 하지 않았던 것이다.

'그러니까 프리츠 공작이 수도 지하에 있다는 말이지?'

[네.]

'좋아.'

나이젤은 긍정적으로 생각했다.

어찌 되었든 프리츠 공작이 두문불출하고 있는 이유와 현재 위치를 알아낼 수 있었으니까.

그리고 수도 발할라의 중심부에서 무언가 일이 벌어지고 있었다.

나이젤은 회의실에 있는 일행들을 둘러보며 입을 열었다.

"일단 무슨 일인지 알아보러 가도록 하죠."

나이젤의 말에 일행들은 다들 고개를 끄덕였다.

                    *   *   *

수도 발할라의 중심부.

슈테른 제국의 수도인 만큼 발할라는 화려하고 웅장한 도시였다.

특히 수도 중앙은 번화가였고 수많은 상점들과 건물들이 세워져 있었다.

또한, 아름다운 조경으로 꾸며져 있었기에 아름답기로 유명했다.

그리고 수도 중앙의 중심에는 거대한 분수대가 있고, 그 주위에 공터에 가까운 빈 공간이 존재했다.

그곳은 주로 마차들이 지나다니는 큰길이었다.

분수대를 중심으로 마차들이 빙글빙글 돌며 빠져나가는 구조로, 상당히 큰 규모였던 것이다.

그리고 그 주변에 거대한 번화가가 형성되어 있었다.

하지만 그것도 이제는 전부 옛말이 되었다.

오스마이어 공작군과 프리츠 공작군이 격돌하면서 분수대 주변 공터는 격전지로 변해 있었고, 수도 중앙은 초토화가 되어버렸으니까.

곳곳에 무너진 건물들과 다양한 조각상들이 박살이 난 채 땅바닥에 널려 있었다.

그리고 그 위는 죽은 병사들의 시체와 피로 얼룩져 있는 상황.

하지만 그보다 더 큰 문제가 생겨나 있었다.

"이건 대체……."

팬드래건 백작가와 프란시스카 남작가의 병사들을 이끌고 수도 중심부에 도착한 나이젤은 놀란 표정을 지었다.

수도 중심의 상징과도 같은, 크리스털로 만들어진 아름다운 분수대가 있던 공간에 어마어마하게 큰 검은 구멍이 생겨나 있었던 것이다.

직경만 대략 100미터가 넘어 보였고 깊이는 알 수 없었다.

거대한 구멍 안에서 올라오고 있는 검붉은 기운 때문에 내부가 잘 보이지 않았으니까.

"심상치 않아 보이는군요."

검은 구멍을 본 라이네가 꺼림칙한 표정을 지으며 말했다.

그녀의 말대로 검은 구멍에서 흘러나오고 있는 기운은 불길하기 짝이 없었다.

그리고 오스마이어 공작 진영에 있을 때 있었던 지진은 이 싱크홀이 생기면서 발생한 것 같았다.

그런데 상황이 이 지경에 이르렀음에도 검은 구멍 주위에는 여전히 전투가 벌어지고 있었다.

오스마이어 공작을 따르는 군세와 프리츠 공작을 따르는 병사들이 싸우고 있었던 것이다.

와아아아아!

챙! 채챙!

여기저기서 고함 소리와 병장기가 부딪치는 소리가 들려왔다.

팬드래건 백작가와 프란시스카 남작가의 연합군을 이끌고 온 나이젤 일행은 수도 중심부에서 좀 떨어진 곳에서 이들을 지켜보고 있는 상황이었다.

'저게 그 녀석들인가?'

아직 거리가 몇백 미터 이상 떨어져 있었지만 나이젤은 프리츠 공작군의 병사들을 유심히 바라봤다.

이윽고 나이젤의 눈동자가 세로로 길어졌다.

용안이 발동한 것이다.

기본적으로 용안을 발동하면 멀리 떨어져 있는 사물을 자세히 볼 수 있었다.

[상태 이상: 흉포화.]

용안이 가진 능력 중 하나.
상대의 상태 이상을 파악할 수 있다.
'흉포화라고?'
프리츠 공작군의 병사들을 용안으로 확인한 나이젤은 놀란 표정을 지었다.
놀랍게도 프리츠 공작군의 병사들은 전원 흉포화 상태였기 때문이다.
그 때문인지 그들의 동공은 풀려 있었지만 움직임이나 힘은 일반적인 수준을 넘어서고 있었다.
"오스마이어 공작군이 고전하고 있는 이유를 알겠네요."
"네?"
나이젤의 말에 라이네가 고개를 갸웃거렸다.
"엔젤 더스트라고 들어본 적 있습니까?"
"소문으로는… 설마?"
라이네는 흠칫 놀란 표정을 지으며 프리츠 공작군의 병사들을 바라봤다.
프리츠 공작이 엔젤 더스트라는 위험한 환각제에 손을 대고 있다는 소문을 들은 적이 있었다.
또한, 그와 더불어 오스마이어 공작을 따르는 귀족들을 견제하기 위해 선동과 조작, 날조, 뒷세계에서 위험한 공작(工作) 등

등을 벌였다는 이야기도.

한때 프리츠 공작에 대한 온갖 안 좋은 소문들이 터졌었다.

엔젤 더스트도 그중 하나였다.

"엔젤 더스트를 복용하면 이성이 마비되면서 강력한 힘을 얻을 수 있습니다. 그리고 한번 내린 명령을 맹목적으로 수행하려고 들지요."

그야말로 이상적인 병사라고 할 수 있었다. 명령을 잘 듣는 데다가, 어마어마한 힘까지 가지고 있으니까.

'결국 완성을 시켰나 보군.'

황색단의 엔젤 더스트 사건에서 나이젤은 프리츠 공작이 배후로 있다는 사실을 알아냈다.

그리고 프리츠 공작의 엔젤 더스트 연구 개발을 막았다고 생각했었는데 아무래도 다른 곳에서 계속 연구를 한 모양이었다.

"그럼 저들이 전부 엔젤 더스트를 복용했다는 말인가요?"

"네."

놀란 표정으로 물어보는 라이네의 말에 나이젤은 고개를 끄덕였다.

"나이젤 백부장의 말이 맞는 것 같네요."

라이네는 입술을 꼭 깨물었다.

어째서 알아차리지 못했을까?

엔젤 더스트에 대해서라면 그녀도 알고 있었다.

하지만 중독성을 지닌 위험한 환각제라고만 알고 있었기에 미처 프리츠 공작의 병사들이 복용했을 거라고는 생각하지 못했다.

"설마 그런 위험한 걸 병사들에게 복용시켰을 줄은……."

라이네는 어두운 표정을 지었다.

그녀는 이해할 수 없었다.

어떻게 엔젤 더스트 같은 위험한 약물을 병사들에게 복용시킨다는 생각을 한단 말인가?

아무리 엔젤 더스트가 신체 능력을 끌어올려 준다고 해도 부작용이 없는 건 아니었다.

여전히 중독성이 강한 데다가 장기적으로 복용하면 결국 폐인이 될 수 있기 때문이다.

"그리고 지금 문제는 저놈들이 아닌 것 같네요."

"네?"

나이젤의 말에 라이네는 의아한 표정으로 반문했다.

엔젤 더스트를 복용한 프리츠 공작의 병사들이 문제가 아니라니?

충분히 문제이지 않은가?

흐어어어어!

그때 라이네의 귀에 소름 끼치는 숨소리가 사방에서 들려왔다.

수도 중심에 뚫려 있는 검은 구멍에서 올라온 검붉은 기운이 안개처럼 지면 위를 흐르고 있었다.

그런데 그 검붉은 기운에 휩싸여 있는 병사들의 시체들이 돌연 몸을 일으키기 시작한 것이다.

"이건 또 무슨?"

"시체가 살아났다고?"

"좀비인가?"

"어떻게 수도 중심부에서 좀비가……."

갑작스러운 사태에 오스마이어 공작 측 병사들이 동요하기 시작했다.

그에 반해 프리츠 공작군의 병사들은 변함없이 달려들고 있었다.

엔젤 더스트로 인해 자아가 억눌리고 오직 명령에만 복종하고 있는 상태였으니 말이다.

흐어어어어!

이윽고 몸을 일으킨 시체들이 오스마이어 공작군을 향해 달려들었다.

"으아아아아!"

"갑자기 이게 무슨 일이야!"

지면 위에 발목 높이로 흐르는 검붉은 기운이 감도는 가운데 좀비들까지 나타나자 오스마이어 공작군 병사들은 공포에 질려 갔다.

가뜩이나 프리츠 공작군을 상대하는 것만으로도 벅찬데 좀비들까지 나타났으니 말이다.

"아무래도 도와주러 가야 할 것 같습니다."

전황을 살펴본 나이젤은 빠르게 판단을 내렸다.

무슨 이유인지는 모르겠지만 좀비들은 프리츠 공작군과 함께 오스마이어 공작군을 공격하고 있었다.

저대로 가만히 놔뒀다간 밀릴 수도 있는 상황이었다.

"그래야, 내 동생이지."

"아니, 누구더러 동생이래?"

자신의 말에 만족스러운 미소를 짓고 있는 라그나를 향해 나이젤은 가볍게 핀잔을 줬다.

"좀비가 상대라니 별로 재미없을 거 같은데."

"좀비 드래곤 같은 건 안 나오려나?"

"그런 게 어딨냐?"

이어서 크림슨 용병단원들이 하얀 이를 드러내며 사납게 웃었다.

앞으로 있을 전투가 기대되는 모양이었다.

"누가 전투광들 아니랄까 봐."

그런 그들의 모습에 나이젤은 고개를 절레절레 흔들었다.

그리고 그건 라이네 일행들도 마찬가지였다.

"누님, 형님! 저 먼저 갑니다!"

라그나와 비슷한 성향인 기욤은 살판난 표정으로 해맑게 웃으며 소리쳤다.

눈앞에 있는 전장에 몸과 마음이 들떠 있었던 것이다.

하지만 그런 그들을 막아서는 목소리가 있었다.

"잠깐!"

나이젤은 들뜬 표정으로 금방이라도 달려 나갈 것 같은 크림슨 용병단과 기욤을 멈춰 세웠다.

그리고 자신을 바라보고 있는 모든 일행들을 향해 나이젤은 악동 같은 미소를 지으며 입을 열었다.

"여러분들이 해야 할 일은 따로 있습니다. 프리츠 공작 목 따러 가야죠?"

*   *   *

그로부터 잠시 후.

팬드래건 백작가와 프란시스카 남작가의 연합군이 전장에 뛰어들었다.

두 가문의 연합군 병사들은 오스마이어 공작 진영의 병사들을 도우며 프리츠 공작군의 병사들과 좀비들을 상대하기 시작했다.

그 사이 나이젤을 비롯한 카테리나, 다니엘, 라그나, 크림슨 용병단원들과 라이네 일행들은 검은 구멍을 향해 몸을 날렸다.

탁.

검은 구멍을 향해 뛰어내린 나이젤은 얼마 되지 않아 바닥에 내려섰다.

'생각보다 낮네.'

밝기도 하고.

나이젤은 주위를 둘러봤다.

프리츠 공작군과 좀비들은 팬드래건 백작가와 프란시스카 남작가의 병사들에게 맡겼다.

거기에 브로드 일행까지 놔두고 왔다.

애초에 나이젤은 프리츠 공작과 대면하는 게 목표였다.

그러려면 프리츠 공작이 이끌고 있는 병사들을 견제할 필요가 있었다.

그러기 위해 팬드래건 백작가를 끌어들였던 것이다.

'위에는 당분간 걱정하지 않아도 되겠지.'

브로드 일행이 이끄는 팬드래건 백작가의 병사들이라면 충분히 프리츠 공작군의 엔젤 더스트 강화 병사들을 상대할 수 있을 터.

그뿐만이 아니라 오스마이어 공작을 따르는 귀족들의 병사들도 있으니 걱정할 필요는 없었다.

'문제는……'

직경 100미터에 달하는 거대한 검은 구멍의 내부.

불길하기 짝이 없는 검붉은 기운이 사방에서 피어오르고 있었지만, 못 버틸 정도는 아니었다.

지금 이곳에 있는 인물들은 최소 무력이 80 이상의 익스퍼트 경지에 다다랐으니까.

그 이하였다면 검붉은 기운의 압박 때문에 정신을 차리지 못했을 것이다.

'뭐, 그녀는 예외지만.'

나이젤은 라이네를 바라봤다.

그녀의 무력은 45.

하지만 A급 고유 능력, 수호의 축복을 가지고 있는 그녀에게 검붉은 기운은 전혀 문제가 되지 않았다.

저주나 독 같은 건 그녀에게 통하지 않기 때문이다.

그리고 의외로 주변 내부는 밖에서 봤을 때보다 잘 보였다.

검붉은 기운은 안개와도 같았으니까.

"나이젤 님, 괜찮으세요?"

그때 카테리나가 나이젤 곁으로 다가왔다. 그리고 매의 눈으로 나이젤을 이리저리 살펴봤다.

뛰어내리면서 나이젤이 다치지 않았나, 걱정하는 눈치였다.

"응, 괜찮아. 너는?"

"저야 당연히 괜찮죠."

카테리나는 당연하다는 표정으로 고개를 끄덕였다. 그리고 주변을 살피기 위해 고개를 옆으로 돌리다가 라이네와 눈이 마주쳤다.

카테리나는 고개를 살짝 숙인 후, 나이젤의 곁에 바짝 다가가 붙었다.

"위험할지 모르니 제 곁에서 떨어지지 마세요."

지금처럼 가까이 붙어 있을 기회가 별로 없었던 터라 카테리나는 나이젤에게서 떨어질 생각을 하지 않았다.

나이젤을 전력으로 호위할 생각이었던 것이다.

"맞습니다. 제 곁에서도 떨어지지 마십시오."

그때 다니엘이 나이젤 곁에 다가와 섰다.

"다니엘 님은 안 오셔도 되는데요."

"무슨 소리입니까? 저도 같이 나이젤 님을 지켜야죠."

카테리나와 다니엘은 서로 마주 보며 미소를 지었다.

하지만 카테리나에게서는 차가운 한기가, 다니엘에게서는 뜨거운 열기가 흘러나왔다.

"둘이 사이가 좋은가 봐?"

"아니요!"

"아닙니다!"

나이젤의 한마디에 카테리나와 다니엘은 정색하며 소리쳤다.

그 모습에 나이젤은 고개를 절레절레 흔들었다.

"정말 이곳에 프리츠 공작이 있는 건가요?"

그때 라이네가 나이젤에게 다가와 말을 걸었다.

"네. 이곳 지하 중심부에 있을 겁니다. 여기보다 좀 더 내려가야 되지만요."

"여기가 바닥이 아닌가요?"

"아무래도 그런 것 같습니다."

검은 구멍 안으로 뛰어내린 후 얼마 지나지 않아 바닥에 닿았다.

생각보다 깊지 않다는 의미였다.

그뿐만이 아니다.

크앙!

나이젤의 그림자 속에 있던 까망이가 불쑥 튀어나왔다.

"앗."

순간 라이네의 눈이 커졌다.

"이, 이 아이는 뭔가요?

작은 늑대처럼 생긴 까망이의 귀여운 모습에 라이네는 마음을 빼앗겼다.

"제 소환수입니다."

"이 아이가 소환수라고요?"

라이네는 반짝반짝 빛나는 눈으로 까망이를 바라봤다. 강아지일 때보다 좀 더 성장한 모습이긴 했지만 여전히 귀여웠기 때문이다.

"저도 있어요."

그때 옆에 있던 카테리나가 불쑥 한마디 했다. 그러자 그녀의 말에 라이네는 카테리나를 바라봤다.

뀨!

그리고 카테리나의 품 안에서 귀엽게 꼼지락거리고 있는 하얀 강아지, 알비나를 볼 수 있었다.

"이 아이는……."

까망이에 비해 좀 더 작은 강아지의 모습을 하고 있는 알비나의 모습에 라이네는 정신을 차리지 못했다.

그녀는 마치 홀린 것 같은 표정으로 알비나를 바라봤다.

라이네 드 프란시스카.

이 세계에서 그녀는 귀여운 것이라면 사족을 쓰지 못하는 인물이었다.

'게임에서 이런 모습은 보지 못한 것 같은데…….'

과연 현실과 게임의 차이일까.

처음 보는 라이네의 모습에 나이젤은 속으로 고개를 흔들다가 전방을 바라봤다.

크르르!

까망이 또한 전방을 노려보며 나직한 울음소리를 냈다.

"라이네 누님."

이어서 발자크도 조용한 목소리로 라이네를 불렀다. 삼국지에서 자신보다 나이가 적은 유비를 관우가 형님이라고 불렀던 것처럼, 발자크 또한 라이네를 누님이라고 부르고 있었다.

그리고 발자크의 말에 까망이와 알비나를 보고 살짝 표정이 풀어져 있던 라이네의 얼굴이 평상시대로 돌아왔다.

몇 차례 헛기침을 귀엽게 한 라이네는 발자크를 바라봤다.

"무슨 일인가요?"

"아무래도 마중을 온 것 같습니다."

여전히 발자크는 전방을 주시하며 말했다. 그뿐만이 아니라 다른 일행들도 전방을 주시하고 있었다.

흐어어어어어.

저 멀리서 프리츠 공작군의 병사들로 추정되는 인간들이 흐느적흐느적거리며 다가오고 있었기 때문이다.

"뭐지? 상태가 이상해 보이는데."

그 모습을 본 라그나가 가장 먼저 눈살을 찌푸리며 말했다.

프리츠 공작군의 병사들은 엔젤 더스트로 이성이 마비되고 신체가 강화되어 있는 상황.

그런데 거기에 검붉은 기운까지 더해져서 완전히 이지를 상실한 채 기묘한 움직임을 보이고 있었다.

거기다 점점 모습을 드러내고 있는 그들의 모습은 기괴하게 짝이 없었다.

한쪽 팔이 비정상적으로 크거나, 덩치 또한 일반인들보다 1.5배는 더 커져 있었으니까.

휘릭! 휘리릭!

거기다 등에서 채찍처럼 움직이고 있는 가느다란 촉수까지.

"이거 설마?"

나이젤은 눈살을 찌푸렸다.

그들이 입고 있는 복장을 보면 확실히 프리츠 공작군의 병사들이 맞았다.

하지만 그 모습은 마치 카오스 몬스터와 흡사했다.

[변이한 카오스 스페셜 솔저]

[등급] 5성 일반.

[능력치]

무력: 68. 통솔: 65.

지력: 15. 마력: 32.

[특기] 돌진(B), 괴력(C).

'헐.'

약 30명에 가까운 프리츠 공작 병사들의 상태창을 확인한 나이젤은 속으로 놀란 표정을 지었다.

예상은 하고 있었지만 역시나 눈앞에 있는 병사들은 카오스화 되어 있었다.

거기다 믿을 수 없게도 무력과 통솔이 60대였다. 무력이 68이면 어지간한 비범급(B) 무장들 중에서도 상위권에 해당한다.

카오스화가 되면서 한 등급 정도 더 강해진 것이다.

'이러니 오스마이어 공작군이 밀릴 만하지.'

나이젤은 속으로 혀를 찼다.

카오스화가 되지 않았어도 프리츠 공작군의 병사들은 엔젤 더스트로 강화되어서 무력이 50대 후반이었다.

보통 일반 병사들이 대부분 30~40대인 걸 감안하면 밀릴 수밖에 없었다.

정예 병사들이라고 해도 무력이 50 안팎 정도 되는 수준이었으니까.

"생긴 게 어째 카오스 몬스터 같군."

"같은 게 아니라 맞아."

"역시."

나이젤의 대답에 라그나는 입꼬리를 치켜올렸다.

상대가 카오스 몬스터처럼 되었다는 소리는.

"재미 좀 볼 수 있겠군."

꽤 강해져 있다는 소리였으니까.

그 때문에 몸이 근질근질해진 라그나와 크림슨 용병단원들은 금방이라도 뛰쳐나갈 기세였다.

"잠시만요! 아무래도 이 검붉은 기운 때문에 저들이 변한 것 같아요."

라이네는 프리츠 공작의 병사들이 변한 이유를 빠르게 알아차렸다.

그리고 이 기운에 노출될 경우 좋지 않다는 사실까지도.

번쩍!

라이네는 자신을 중심으로 일행들에게 수호의 축복을 걸었다.

'눈치가 좋네.'

라이네의 발 빠른 대처에 나이젤은 그녀에게 감사의 의미로 고개를 끄덕이며 눈인사를 보냈다.

일행들 모두 무력이 높은 편이라 상태 이상에 대한 저항력도 높았다.

하지만 받을 수 있는 건 받는 게 좋았다. 실제로 수호의 축복을 받은 일행들은 검붉은 마기에 대항할 수 있게 된 데다가, 신체 능력까지 전반적으로 상승했으니 말이다.

"나 먼저 간다!"

"단장! 우리 것도 남겨놔!"

"우리도 가자!"

수호의 축복을 받고 신체 능력이 상승한 걸 느낀 용병단원들은 더 이상 참지 못하고 카오스 스페셜 솔져들을 향해 달려들기 시작했다.

*　　　*　　　*

그렇게 시작된 전투는 일방적이었다.

아무리 엔젤 더스트와 카오스 에너지로 강화되었다고 한들, 상대는 다름 아닌 전투광인 크림슨 미드나이트 용병단원들이 아닌가?

아무리 숫자가 좀 더 많다고 해도 무력이 60대 후반인 카오스 스페셜 솔져들이 상대해 낼 수 없었다.

눈 깜짝할 사이에 카오스 스페셜 솔져들은 썰려 나갔다.

이대로 가면 조만간 전멸할 터.

하지만.

흐어어어어어어!

사방에서 카오스 스페셜 솔져들의 괴성이 울려 퍼졌다.

"더 오고 있어요!"

알비나를 통해 카오스 스페셜 솔져들이 몰려오고 있는 걸 감지한 카테리나가 다급한 목소리로 소리쳤다.

그녀는 최후방에서 라이네를 지키고 있었다.

"수가 점점 더 많아진다고?"

"그럼 더 좋지!"

'아, 이 미친놈들.'

나이젤은 적들이 늘어났다는 소리에 흥분하는 용병단원들을 기가 찬 표정으로 바라봤다.

적들이 늘어났는데 좋아하고 있는 모습이라니.

언제나 느끼는 거지만 용병단원들은 전투에 열광했다.

전장 한복판에 생긴 검은 구멍 안으로 뛰어들자고 했을 때도 용병단원들에게서 얼마나 많은 눈총을 받았던가?

그들은 남아서 프리츠 공작 병사들과 싸우고 싶어 했다.

적어도 수천은 넘는 프리츠 공작군의 강화 병사들이 있었으니 말이다.

'이거 참 다행이라고 해야 할지, 말아야 할지.'

그런 마당에 검은 구멍 안으로 뛰어들었다가 카오스 스페셜 솔져들이 수도 없이 몰려나오고 있었다.

그리고 그 모습을 보고 환호하는 용병단원들을 바라보며 나이젤은 쓴웃음을 지었다.

하지만.

"이대로라면 아래로 내려갈 수 없습니다."

"마기가 짙어졌어요. 이대로라면 지상이……."

발자크와 라이네가 걱정스러운 얼굴로 말했다.

확실히 지금 상황은 좋다고 할 수 없었다. 카오스 스페셜 솔져들은 어디선가 계속 쏟아져 나왔고, 검붉은 마기는 점점 더 강해져 가고 있었다.

어디 그뿐인가?

[경고! □□의 기운이 점점 더 강해지고 있습니다. □□의 소환을 저지하십시오.]

계속해서 시스템 경고 메시지가 떠오르고 있는 중이었다.

카오스 스페셜 솔져라면 얼마든지 썰어버릴 수 있었다.

하지만 문제는 시간이었다.

□□이라고 하는 위험하기 짝이 없는 존재가 소환되기 전에 프리츠 공작을 막아야 했다.

그렇지 못하면 적어도 아크 대륙의 절반이 날아가 버릴 테니까.

"알겠습니다. 그럼 팀을 나누죠. 라그나 단장을 제외한 크림슨 용병단원들은 이곳에 남고, 나머지는 이곳에서 벗어나 지하로 향하도록 하겠습니다."

"예. 그러는 편이 좋을 것 같아요."

"동의합니다."

나이젤의 말에 라이네와 발자크는 고개를 끄덕였다.

그 외에 카테리나와 다니엘도 나이젤의 말에 동의했다.

다만.

"아니, 왜? 잘 싸우고 있는데 왜 날 불러?"

라그나는 자신이 상대하고 있던 카오스 스페셜 솔져 세 명을 미스틸테인으로 쳐 날리며 심드렁한 목소리로 대꾸했고.

콰콰콰콰쾅!

기윰은 대형 도끼로 지면을 내려치고서는 뒤를 돌아보며 소리쳤다.

"누님! 형님! 저도 여기 남아서 싸우겠습니다!"

일행들 중에서 가장 큰 활약을 하고 있는 건 역시 무력이 높은 라그나와 기윰이었다.

라그나의 창이 휘둘러질 때마다, 카오스 스페셜 솔져들은 수십 미터 넘게 나가떨어졌다.

그리고 기윰의 대형 도끼가 위협적인 소리를 내며 휘둘러질 때마다, 카오스 스페셜 솔져들의 머리가 쪼개지거나 목이 뎅겅뎅겅 날아갔다.

그런데 지하로 더 내려가자니?

한창 전투를 즐기고 있던 그들 입장에서는 마른하늘에 날벼락이나 다름없었다.

"그럼 그냥 남으시든가. 더 강한 상대와 싸우게 해주려고 했는데 싫으면 말고."

그들의 대답에 나이젤은 미련 없이 몸을 돌렸다.

그러자 순식간에 나이젤의 어깨 위에 라그나와 기윰의 손이 턱 얹어졌다.

"아니, 내가 뭐 안 간다고 했나? 왜 부르냐고 물었지."

"상황에 따라 변하는 거 아니겠소? 어서 지하로 갑시다."

눈 깜짝할 사이에 달려온 그들은 나이젤의 어깨 위에 손을 얹고 밝은 미소를 지어 보였다.

더 강한 상대와 싸우게 해주겠다는 말에 넘어온 것이다.

"나이젤 님, 그런데 지하로는 어떻게 내려갈 생각인가요?"

어느 틈엔가 카테리나가 나이젤의 곁에 다가와 물었다.

그녀의 말대로 지하로 내려갈 길은 아직 찾지 못한 상태였다.

분명 지하 공터 벽면 어딘가에 지하로 내려가는 출입구가 있을 터.

문제는 그곳을 찾으려면 일단 몰려들고 있는 카오스 스페셜 솔져들부터 뚫어야 한다는 사실이었다.

카오스 스페셜 솔져들이 나오고 있는 출입구야말로 지하로 내려가는 길일 테니까.

하지만.

"그건 나한테 맡겨."

카테리나의 질문에 나이젤은 빙긋 웃으며 말했다.

그리고 아다만티움 건틀렛에 임팩트를 발동시켰다.

[라스트 어빌리티, 익스터미네이션 임팩트 75% 출력 승인!]

익스터미네이션 임팩트는 전방위로 충격파를 발산시켜서 주변을 초토화시킬 수 있었다.

익스터미네이션 임팩트를 발동시키자 나이젤의 건틀렛에서 충격파가 맥동 치듯 흘러나왔다.

그 상태로 나이젤은 건틀렛을 지면에 꽂아 넣었다.

엑스트라 어빌리티(Extra Ability),

그라운드 임팩트(Ground Impact)!

그 직후.

콰콰콰콰콰콰콰쾅!

어마어마한 폭발이 지면에서 일어났다.

＊　　　　＊　　　　＊

콰콰콰콰쾅!

나이젤이 지면을 내려치자 어마어마한 충격파 폭발이 일어났다.

그 결과.

쿠구구구구궁!

지면이 흔들리면서 무너져 내리기 시작했다.

이윽고 나이젤을 중심으로 지면에 커다란 구멍이 난 상황.

크림슨 용병단원들을 제외한 일행들은 나이젤이 만든 구멍을 통해 지하로 떨어져 내렸다.

타닥.

잠시 후, 나이젤 일행은 바닥에 착지했다.

"여기는?"

나이젤은 주변을 둘러봤다.

이미 지하 수십 미터 이상 내려온 터라 사방은 어두컴컴했다.

거기다 기분 나쁜 검붉은 마기가 주변을 가득 채우고 있었기에 더더욱 어두웠다.

하지만 사물을 구분하기 어려울 정도는 아니었다.

무력 80 이상이면 어지간한 어둠 속에서 사물을 분간할 수 있으며, 나이젤에게는 용안이 있었으니까.

"확실히 위보다 더 어둡네요. 불 좀 켤게요."

그때 나이젤의 등 뒤에서 라이네의 목소리가 들려왔다.

팟!

이윽고 라이네가 홀리 라이트를 시전했는지 하얀빛의 구체가 머리 위로 떠올랐다.

라이네는 프리스트였기에 고유 능력과는 별개로 신성 마법을 쓸 수 있었다.

라이네의 홀리 라이트가 상공에서 빛을 뿌리자 주변 정경이 드러났다.

이곳 또한 거대한 지하 공동이었다.

그리고 반대편 쪽에 출입구로 보이는 동굴이 보였다.

"저쪽에 출구가 있어요. 아마 저곳을 통해 나갈 수 있을 것 같아요."

라이네는 하얀빛 아래 모습을 드러낸 동굴 입구를 가리켰다.

출입구라 할 만한 다른 통로는 보이지 않았고, 무엇보다 검붉은 마기가 저 통로를 통해서 퍼져 나오고 있었다.

아무래도 저 통로 안 어딘가에 지상으로 올라가는 출입구가 있는 것 같았다.

그뿐만이 아니다.

[통로 끝에서 ㅁㅁ의 반응이 점점 더 커지고 있습니다.]

'저 통로 끝에 놈이 있겠군.'

시스템 메시지대로라면 통로 끝에 이름을 불러서는 안 되는 존재를 소환 중인 프리츠 공작이 있을 터.

하지만.

즈즈즹.

라이네가 가리킨 통로 쪽에서 기묘한 소리가 들려오기 시작했다.

"아무래도 마중 나오는 녀석들이 있나 보군."

라그나는 씩 미소를 지으며 통로를 바라봤다.

잠시 후, 통로에서 후드가 달린 검은색 코트를 입고 있는 존재들이 몰려나왔다.

"저건……?"

그들을 본 라이네는 침음을 삼켰다.

마법사의 로브와 비슷하게 생긴 검은색 후드 코트.

마법사 전용 마도 전투복, 헤카테였다.

프리츠 공작군이 새롭게 투입한 마도 전투복 헤카테를 착장한 마법사들이 통로 앞에 포진한 것이다.

"저게 양산형 헤카테인가?"

나이젤 또한 기시감을 느꼈다.

프리츠 공작의 심복인 제론이 사용했던 프로토타입 헤카테와 비슷했으니까.

후드가 달린 배리어 코트와 주위를 떠다니는 테트라 헤드론까지.

다만, 양산화가 되었기 때문인지 테트라 헤드론의 숫자가 적었다.

한 개, 혹은 두 개를 사용하는 자들이 많았기 때문이다.

'성능은 프로토타입보다는 떨어지겠군.'

프로토타입 헤카테의 테트라 헤드론은 세 개였다.

그런데 양산형은 테트라 헤드론이 한 개나 두 개다 보니 성능이 떨어질 수밖에 없었다.

헤카테의 핵심은 배리어 코트와 마법을 보조하는 테트라 헤드론이었으니까.

"우리 뒤로는 아무도 지나가지 못한다."

그들 중 대장으로 보이는 자가 앞으로 나서며 말했다.

그리고 그자가 지니고 있는 테트라 헤드론을 확인한 나이젤은 눈살을 살짝 찌푸렸다.

'테트라 헤드론이 다섯 개라고?'

법력이 떨어지는 일반 마법사들과 법력이 높은 마법사가 사용하는 헤카테는 완전히 달랐다.

"나는 토르겔 폰 베른하르트다. 네놈들은 누구냐?"

'토르겔?'

나이젤은 눈살을 찌푸리며 대장으로 보이는 자를 바라봤다.

다른 마법사들보다 앞에 나와 있는 인물.

그가 착용 중인 헤카테는 개인 전용 마도 전투복인 것 같았다.

화려한 마력 회로가 새겨진 하얀색 배리어 코트는 물론, 그의

몸 주위로 황금빛으로 빛나는 테트라 헤드론 다섯 개가 빙글빙
글 돌고 있었다.

거기에 등에는 붉은색 망토까지.

'명장급 마법사가 이런 곳에 있을 줄이야.'

토르겔 폰 베른하르트.

그는 삼국지로 치면 화웅이다.

화웅은 삼국지에서 꽤 인상적인 인물이었다.

동탁과 여포에게, '닭 잡는 데 소 잡는 칼은 쓸 필요 없습니다'
라고 하면서 사수관 수비를 자처한 것이다.

이는 굉장히 현명한 발언이었다.

여포를 띄워주면서 뒤로 보내고 본인이 활약할 기회를 얻어냈
으니까.

다만, 관우에게 술이 식기도 전에 순살 당했다는 사실이 안습
이기는 하지만 말이다.

'프리츠 공작 밑에 있는 무장들 중에서는 쓸 만한 인물이긴 한
데.'

트리플 킹덤 게임에서 토르겔은 상당한 실력을 가진 마법사로
나온다.

잠재 법력은 무려 92.

명장급이다.

다만 현재 법력은 89였다.

그리고 삼국지와 마찬가지로 토르겔은 프리츠 공작 토벌전에
서 발자크와 전투 끝에 사망한다.

'원래라면 삼국지와 같은 상황이 진행되었겠지만……'

본래 트리플 킹덤 게임 시나리오대로라면 여포인 라그나가 프리츠 공작 휘하로 들어간다.

그리고 프리츠 공작 토벌전에서 토르겔은 화웅과 같은 말을 하며 수도 발할라의 동쪽 외성문의 수비를 맡는다.

발자크 또한, 반프리츠 공작 연합군으로 함께 출정한 조조에 해당하는 헬무트에게 술이 식기 전에 돌아온다고 이야기하고 토르겔을 순살 시켜 버린다.

트리플 킹덤 게임의 기본 시나리오는 삼국지와 똑같았던 것이다.

하지만 트리플 킹덤 게임이 현실이 되자 많은 부분이 달라졌다.

거기다 진현이 나이젤에게 빙의를 하면서 일으킨 일들로 인해 시나리오에 많은 변화가 생겨났다.

또한, 프리츠 공작의 행동도 여전히 이해할 수 없는 상황.

그 때문에 지금 이렇게 수도 발할라의 지하 공동 안에서 토르겔과 마주하고 있는 것이다.

"네놈들이 누구인지는 모르겠지만, 이 뒤로는 보내지 않겠다."

토르겔은 눈을 부라리며 나이젤 일행들에게 말했다.

지금 그는 자신감이 넘쳤다.

마법사 전용 마도 전투복, 헤카테.

오직 기사나 검사, 전사들의 전유물이라고 할 수 있는 헤카톤케일을 마법사들도 착용할 수 있게 된 것이다.

그로 인한 변화는 굉장히 컸다.

마력만 충분하다면 배리어 코트의 방어 마법으로 언제든 몸을 보호할 수 있으며, 테트라 헤드론의 보조 덕분에 캐스팅 속도가 엄청나게 올라갔으니까.

헤카톤케일을 장착한 검사나 투사라고 해도 두렵지 않았다.

"저놈은 내가 맡지."

"아니, 저놈은 나한테 맡겨주시오."

토르겔의 등장에 라그나와 기욤이 앞으로 나섰다가 서로를 마주 봤다.

"자네가 감당할 수 있겠나?"

"물론. 저런 놈 따위 내 상대가 아니오."

라그나의 말에 기욤은 가슴을 탕탕 치며 자신감이 넘치는 얼굴로 말했다.

"헤카톤케일은?"

"당연히 가지고 있소."

"그래도 역시 내가 싸우고 싶은데……."

라그나는 아쉬운 표정으로 토르겔을 바라봤다.

그런 그들을 향해 나이젤이 한마디 했다.

"둘 다 기각입니다. 다음 기회를 노리세요."

"뭐? 왜?"

나이젤의 말에 라그나는 억울한 얼굴로 돌아보며 소리쳤다.

"아니, 왜 싸우면 안 된다는 겁니까? 우리가 아니면 누가 싸우겠다고?"

그리고 기욤 또한 불만이 가득한 표정으로 나이젤을 바라봤다.

지금 여기서 헤카테를 착용한 토르겔을 상대할 수 있는 인물은 많지 않았다.

라그나나 기욤 정도.

토르겔은 법력이 80 후반인 강자였으니 말이다.

하지만.

"발자크 경, 부탁해도 되겠습니까?"

나이젤은 발자크를 바라보며 말했다.

저 출구 끝에는 프리츠 공작이 이름을 불러서는 안 되는 ▢▢을 소환 중이었다.

그러니 이 이후로 또 어떤 존재들이 있을지 알 수 없었다.

그래서 나이젤은 최대한 라그나와 기욤은 아낄 생각이었다.

"알겠습니다. 저놈은 제가 맡도록 하지요."

나이젤의 말에 발자크는 흡족한 표정을 지었다. 그렇지 않아도 발자크 또한 몸이 근질근질하던 참이었으니까.

"그럼 여기는 제가 맡도록 하지요."

발자크는 출구 쪽을 노려봤다.

토르겔을 시작으로 헤카테를 착용한 마법사 무리들이 약 20명 정도 포진해 있었다.

분명 프리츠 공작군 내에서도 정예로 통하는 마법사일 터.

쾅!

아쉬운 표정을 짓고 있는 라그나와 기욤을 뒤로하고 발자크는 토르겔을 향해 달려들었다.

＊   ＊   ＊

헤카테를 착용한 마법사들과의 전투는 치열했다.

하지만 초반만 그랬을 뿐이었다.

트리플 킹덤 게임에서 마법사들의 존재는 광역 공격이 가능한 전략 병기에 가까웠다.

마법의 공격력은 높지만, 캐스팅하는 데 시간이 오래 걸리기 때문이다.

그래서 마법사와 비슷한 등급의 무장들과 1:1 전투는 밀릴 수밖에 없었다.

강력한 마법을 쓰려면 캐스팅 시간이 길기 때문이다.

그렇다고 캐스팅이 빠른 마법을 사용하면 위력이 약하기 때문에 익스퍼트 경지인 검사들에게 대미지를 입히기 힘들었다.

그 때문에 마법사들을 보호하거나 캐스팅을 할 때 시간을 버는 부대를 따로 운용해야 했다.

하지만 헤카테의 등장으로 전투의 양상이 달라졌다.

마법사가 같은 경지의 검사와 1:1로 맞붙어도 버틸 수 있게 된 것이다.

특히나 토르겔과 발자크의 전투는 한층 더 치열했다.

"파이어 캐논."

즈아아아앙!

토르겔의 한마디에 4클래스 화염계 마법이 발동했다.

본래라면 캐스팅하는 데 적어도 수십 초는 넘게 걸렸을 것이다.

하지만 테트라 헤드론의 마법 술식 연산 보조 덕분에 몇 초도 걸리지 않았다. 거기다 위력 또한 상승되었다.

발자크를 향해 조준되어 있던 다섯 개의 테트라 헤드론에서 붉은 화염이 광선처럼 쏘아졌기 때문이다.

슈와아아아아악!

다섯 개의 붉은빛 광선이 공기 중의 수분을 증발시키며 발자크를 향해 쇄도했다.

발자크 또한 전용 헤카톤케일을 착용한 상황.

발자크 전용 헤카톤케일은 전신을 감싸고 있는 은빛 갑주였다.

날렵한 이미지의 은빛 갑주로 전신 무장 한 발자크의 키는 2미터를 넘겼다.

그뿐만이 아니라 발자크는 2.5미터 정도 되는 거창을 들고 있었다.

그 상태에서 발자크는 자신을 향해 날아드는 다섯 개의 붉은 화염을 노려봤다. 그리고 2.5미터 거창을 든 오른팔을 뒤로 잡아당겼다가 앞으로 내지르며 소리쳤다.

"기간틱 블로우!"

콰아아아아아!

음속을 돌파한 거창의 찌르기.

순간적으로 소닉붐이 발생하며 발자크의 거창에서 어마어마한 충격파가 터져 나왔다.

콰아아아아아앙!

그 직후, 발자크의 거창이 발생시킨 충격파와 토르겔의 파이어 캐논이 격돌했다.

그로 인해 어마어마한 화염 폭발이 발생하면서 발자크의 주변을 집어삼켰다.

마치 회오리바람처럼 붉은 화염이 치솟아 올랐고, 그 모습을 본 토르겔은 결코 해서는 안 될 말을 했다.

"해치웠나?"

파앗!

그 말이 끝나기가 무섭게 소용돌이치며 치솟아 오른 붉은 화염을 뚫고 발자크가 뛰쳐나왔다.

쾅! 쾅! 쾅!

발자크는 지면을 박차며 빠른 속도로 토르겔을 향해 돌진했다.

얼마나 강한 힘으로 지면을 박찬 것인지, 발자크가 지나간 그 뒤로 흙먼지가 치솟아 오를 정도였다.

"배, 배리어!"

순식간에 자신을 향해 일직선으로 달려오는 발자크의 모습에 토르겔은 당황했지만 이내 방어 마법을 펼쳤다.

눈 깜짝할 사이에 헤카테의 코트에서 배리어가 펼쳐지며 토르겔을 감쌌다.

비록 급하게 펼쳤긴 하지만, 토르겔 전용 헤카테의 배리어 마법은 상당한 방어력을 자랑했다.

잠시 후, 토르겔 앞까지 달려온 발자크는 거창을 휘둘렀다.

Chapter

8

까가가가강!

발자크의 거창과 토르겔의 배리어가 충돌하면서 어마어마한 굉음이 울려 퍼졌다.

"크허억!"

토르겔은 비명을 내질렀다.

발자크의 힘을 이기지 못하고 배리어째로 토르겔의 몸이 튕겨져 날았기 때문이다.

콰아아아앙!

수십 미터 이상 비스듬하게 상공으로 튕겨져 날아간 토르겔은 배리어와 함께 지하 벽면에 처박혔다.

성능이 좋은 헤카테 덕분에 배리어가 깨지진 않았지만 통째로 날려 버린 것이다.

스르륵. 퉁, 쿠웅.

벽면에 처박혔던 토르겔은 이내 지면에 떨어져 내렸다.

그 와중에 배리어가 풀리면서 토르겔은 지면에 엎어지듯 쓰러졌다.

하지만 얼마 지나지 않아 다시 몸을 일으켜 세웠다.

벽에 처박히면서 생긴 충격 때문에 잠시 정신을 차릴 수 없었지만 배리어 덕분에 몸에는 별다른 큰 이상이 없었으니까.

"이 빌어먹을 놈이."

토르겔은 이를 악물며 발자크를 노려봤다.

"헛!"

하지만 이내 경악스러운 표정을 지었다. 어느 틈엔가 토르겔 앞에 발자크가 다가와 있었기 때문이다.

"젠장!"

욕지거리를 한 차례 내뱉은 토르겔은 다급히 테트라 헤드론을 불러들였다.

자신의 머리 위로 발자크의 육중한 다리가 떨어져 내리고 있었으니까.

이미 배리어 코트에 내재된 방어 마법을 사용한 터라 인터벌 시간이 부족했다.

그래서 급한 대로 테트라 헤드론을 불러들인 것이다.

눈 깜짝할 사이, 토르겔 앞에 다섯 개의 테트라 헤드론이 모여서 붉은색 마력 장벽을 전개했다.

그 모습은 마치 다섯 장의 붉은 잎으로 이루어진 한 송이 장미 같았다.

하지만.

콰앙! 퍼억!

"크아악!"

궁여지책으로 모은 테트라 헤드론으로 발자크의 공격을 방어하기에는 역부족이었다.

공중에서 몇 바퀴 회전을 하며 떨어져 내린 발자크의 다리가 토르겔의 테트라 헤드론을 산산이 부숴 버렸으니까.

그나마 테트라 헤드론이 전개한 마력으로 이루어진 장벽만 부서졌다는 사실이 다행이었다.

테트라 헤드론의 본체는 무사했다.

"쿨럭."

다만, 테트라 헤드론을 조종해야 하는 토르겔은 큰 피해를 입었다.

테트라 헤드론의 마력 장벽을 깨부순 발자크의 육중한 다리가 토르겔의 어깨와 목을 내려쳤기 때문이다.

"이대로 끝날 수는 없지."

발자크의 공격에 무릎을 꿇은 토르겔은 손을 내뻗었다.

그리고 다시 다리를 되돌리고 있던 발자크의 발목을 꽉 움켜쥐었다.

"힘으로 날 이기려고?"

토르겔의 행동에 발자크는 코웃음을 쳤다.

아무리 토르겔이 신체 강화 마법이나 헤카테의 성능을 빌린다고 해도, 헤카톤케일을 착용 중인 발자크의 힘을 이길 수 없었다.

"물론 이기긴 힘들겠지. 하지만 시간 정도는 벌 수 있다."

즈즈즛.

"……!"

헤카톤케일의 투구 안에서 발자크는 눈살을 찌푸렸다.

부서진 줄 알았던 테트라 헤드론 다섯 개가 자신의 주위에서 붉은빛을 흘리고 있었기 때문이다.

테트라 헤드론의 허용치를 넘은 마력이 집속되고 있었다.

이대로 간다면 결과는 하나뿐이었다.

"네놈, 자폭할 셈이냐?"

발자크는 토르겔을 내려다봤다.

이 거리에서 테트라 헤드론이 폭발하면 토르겔도 성치 못한다.

아무런 보호 마법도 없이 폭발에 휘말려 들 테니까.

"네놈이 걱정할 일은 아니지 않은가?"

토르겔은 광소를 터뜨렸다.

직후.

콰콰콰콰콰콰쾅!

테트라 헤드론 다섯 개에서 마력이 폭발하면서 주변을 집어삼켰다.

토르겔은 화염 속성 마법사였다.

그 덕분에 마력이 폭발하면서 붉은 화염이 맹렬한 기세로 불타올랐다.

발자크와 토르겔이 있는 장소를 중심으로 소용돌이처럼 치솟아 오르는 붉은 화염들.

파이어 캐논의 폭발과 비슷한 양상이었지만 규모는 몇 배나 더 컸다.

"발자크!"

"형님!"

그 때문에 지금까지 별다른 걱정스러운 기색을 보이지 않던 라이네와 기윰이 놀란 표정으로 바라볼 정도였다.

그들도 발자크가 얼마나 강한 존재인지 알고 있었기 때문에, 보통 그냥 믿고 맡기며 걱정하지 않았다.

그런데 이번만큼은 꽤 위험하다고 생각한 모양.

후웅!

하지만 그런 걱정이 무색하게 붉은 화염 속에서 거창이 불쑥 튀어나오더니 한차례 휘둘러졌다.

그 여파로 어마어마한 바람이 생겨나면서 붉은 화염을 날려 버리기 시작했다.

"역시 형님, 사람 놀라게 하는 데 재능이 있다니까."

그제야 기윰은 입꼬리를 치켜올리며 미소를 지었다.

발자크의 무사를 확인한 것이다.

라이네 또한 작게 안도의 한숨을 내쉬었다.

이윽고 붉은 화염이 완전히 걷히면서 한쪽 무릎을 꿇고 있는 발자크가 모습을 드러냈다.

토르겔이 전력을 다한 공격이었기에 어느 정도 피해를 입었을 터.

아마 당분간 발자크는 움직이지 못할 것이다.

또한, 그 어디에도 토르겔의 모습은 보이지 않았다.

"토, 토르겔 님이……."

토르겔이 흔적도 없이 사라지자 헤카테를 착용 중인 마법사들에게 동요가 일어났다.

그렇지 않아도 그들은 라그나와 기욤에게 추풍낙엽처럼 이리 날리고, 저리 날리고 있던 상황이었으니까.

그런 와중에 토르겔까지 사라져 버리자 사기가 꺾여 버린 것이다.

'나머지는 맡겨도 되겠지.'

자신을 향해 달려들던 프리츠 공작군의 마법사 한 명을 날려 버린 나이젤은 라이네를 바라봤다.

라이네는 발자크에게 잔소리를 늘어놓으며 상처를 치료하고 있었다.

그리고 남은 마법사들은 전의를 상실하고 몇 명 남지 않은 상황.

"발자크 경, 뒤를 맡겨도 되겠습니까?"

나이젤은 발자크를 바라보며 말했다.

"예. 저 아직 쌩쌩합니다."

라이네의 치료를 받은 발자크는 웃음을 터뜨리며 다시 일어섰다.

그런 그의 모습에 고개를 끄덕인 나이젤은 카테리나를 바라봤다.

"카테리나, 너는 여기 남아서 라이네 남작님을 호위해라."

"네? 하지만……."

그 말에 카테리나는 흠칫 놀라며 나이젤을 바라봤다.

"넌 전용 헤카톤케일이 없잖아. 여기 남아서 라이네 남작님과 함께 있어."

"나이젤 님 말씀이 맞습니다. 헤카톤케일이 없으면 남아야죠."

그때 다니엘이 헤카톤케일의 투구의 앞부분을 들어 올리며 나이젤의 말에 맞장구를 쳤다.

그리고 그녀에게 이겼다는 미소를 지으며 카테리나를 바라봤다.

"나이젤 님은 제가 지킬 테니 안심하세요."

"다니엘 경도 남으세요."

"예?"

순간 다니엘의 고개가 나이젤을 향해 휙 돌아갔다.

"발자크 경과 함께 나머지 잔당들을 소탕하세요."

"아니, 그런……"

순식간에 다니엘은 늑대 귀를 늘어뜨리며 시무룩해졌다.

자신은 전용 헤카톤케일을 가지고 있으니 나이젤과 함께할 수 있을 거라 생각하고 있었으니까.

반면 카테리나는 차가운 미소가 걸린 얼굴로 시무룩해진 다니엘을 내려다보며 한마디 했다.

"귀여우시네요."

"큭!"

다니엘은 분한 표정을 지으며 고개를 돌렸다.

'둘이 정말 사이가 좋구나.'

그 모습을 흐뭇한 미소를 지으며 바라보던 나이젤은 일행들을 돌아봤다.

"저 앞은 라그나 단장과 기욤 경, 그리고 저 셋이서 갑니다."

나머지 마법사들은 라이네의 치료를 받은 발자크와 카테리나, 다니엘이면 충분히 제압할 수 있을 터.

"알겠네."

"맡겨주십시오."

나이젤의 말에 라그나와 기욤은 고개를 끄덕였다.

그렇게 일행들에게 이야기를 마친 나이젤은 라그나와 기욤을 데리고 출입구 쪽으로 향했다.

저 끝에 있을 프리츠 공작의 목을 치기 위해서.

*   *   *

지하 공동에 있던 출입구를 통해 동굴에 들어선 나이젤은 천천히 앞으로 나아갔다.

중간중간 옆으로 빠지는 작은 샛길들이 있었지만 무시하고 지나쳤다.

정면에서 불길하기 짝이 없는 기운이 강하게 느껴지고 있었으니까.

분명 그곳에 프리츠 공작이 있을 터.

그리고 작은 샛길은 지상으로 올라가는 통로일 것이다.

"드디어 도착한 것 같군요."

어느덧 나이젤의 눈앞에 검붉은 마기가 흘러나오는 동굴 끝이 보이기 시작했다.

잠시 후, 동굴 끝에 도착한 나이젤은 놀란 표정과 함께 눈살을 찌푸렸다.

코를 막고 싶을 정도의 악취와 믿기지 않는 광경이 눈앞에 펼쳐져 있었으니까.

"이건 대체?"

어마어마하게 큰 돔 형태의 거대한 지하 공간.

지금까지 봤던 지하 공동들 중에서 가장 컸다.

그리고 바닥에는 복잡하고 기괴한 붉은색 회로가 그려진 마법진에서 불길하고 음산한 검붉은 기운이 흘러나오고 있었다.

그뿐만이 아니다.

지하 공동 곳곳에는 붉은 횃불이 세워져 있었으며, 그 아래에는 시체들이 즐비하게 널려 있었다.

또한, 그중에는 믿기지 않게도 안톤 폰 베르너 백작도 있었다.

안톤은 영지를 가지지 않은 귀족으로, 프리츠 공작의 오른팔을 담당하고 있는 인물이었다.

그런데 지금 그는 믿을 수 없다는 표정으로 시체가 되어 있었다.

마치 프리츠 공작에게 배신당해 죽은 것처럼.

안톤뿐만이 아니라 지하 공동에 있는 시체들은 대부분 프리츠 공작을 따르던 귀족들이었다.

그들은 하나같이 안톤과 마찬가지로 눈을 부릅뜬 채 죽어 있었다.

그 때문에 지하 공동은 시체 썩는 냄새로 진동을 했다.

"네놈들은 뭐냐?"

그리고 그 속에서 지치고 음산하기 짝이 없는 목소리가 울려 퍼졌다.

목소리의 주인은 붉은 피로 그려진 마법진 앞에 서 있었다.

나이젤 일행이 그토록 찾던 프리츠 공작이 검은 로브 차림으로 서 있었던 것이다.

"프리츠 폰 오벨슈타인 공작?"

나이젤은 앞으로 나서며 말했다.

그러자 프리츠 공작은 눈살을 찌푸리며 입을 열었다.

"질문은 내가 먼저 했다, 존재할 가치도 없는 이 세계의 쓰레기야."

프리츠 공작은 나이젤을 향해 손가락을 튕겼다.

슈와앗!

순식간에 프리츠 공작이 서 있는 바닥에서 검은 촉수 두 개가 양쪽에서 공기를 가르며 쇄도했다.

"어딜!"

그와 동시에 라그나와 기욤이 움직였다.

그들은 각자 촉수를 하나씩 맡았다.

깡! 까강!

라그나의 미스틴테인과 기욤의 대형 도끼 앞에 촉수들은 튕겨 날아가거나 혹은 막혔다.

"흐음. 네놈들은 꽤 강한 쓰레기들인 모양이군."

자신의 촉수들이 막히자 프리츠 공작은 흥미로운 표정을 지었다.

익스퍼트 경지의 존재라면 간단히 꿰뚫어 버릴 수 있는 촉수가 생각보다 쉽게 막혀 버렸으니 말이다.

크워어어어어어어어!

그 순간 마법진 중앙에서 거대한 손이 불쑥 튀어 올랐다.

[경고! 당신은 현재 카오스 돌발 미션: 미지의 적을 진행 중입니다.]

[미지의 적, �口ㅁ이 소환되기 직전입니다. 소환 의식을 막으십시오!]

[현재 소환율 95%]

'큭.'

나이젤은 이를 악물었다.

어느덧 소환율이 95%에 육박했다.

정체불명의 존재인 ㅁㅁ이 소환되고 있다는 소식을 레나엘에게서 듣고 난 후, 카오스 돌발 미션을 받았다.

에피소드 미션과 다르게 예상치 못하게 터진 사고를 뒷수습하기 위해 생긴 미션이었다.

어차피 ㅁㅁ의 소환을 막아야 하는 건 마찬가지였지만, 공략성공과 실패에 대한 리스크가 컸다.

[카오스 돌발 미션: 미지의 적]

프리츠 폰 오벨슈타인 공작이 미지의 적 □□을 소환하려고 합니다.

그를 저지하십시오.

난이도: ???

성공 시: 생존. 차원 관리국의 선물.

실패 시: 혼돈, 파괴, 망각.

'이건 도대체 뭘 하자는 거야?'

실패 시 혼돈, 파괴, 망각이라니?

만약 프리츠 공작을 막지 못하고 □□이 소환되면 무슨 일이 생길지 감도 잡히지 않았다.

거기에 성공 시 보상은 생존이었다.

즉, 한마디로 죽기 싫으면 공략에 성공하라는 소리였다.

그리고 성공 보상이 생존이라는 말은, 실패 시 혼돈, 파괴, 망각이 정확히 뭔지는 모르겠지만 결코 곱게 죽을 수 있는 건 아닌 모양이었다.

"보이느냐? 이것이 너희들이 사는 이 세계의 종말이다."

붉은 피 같은 마법진의 중심에서 솟아오르고 있는 존재 앞에서 프리츠 공작은 기분 나쁜 미소를 지어 보였다.

그리고 음산한 목소리로 알 수 없는 주문을 외우기 시작했다.

크아아아아아!

그러자 마법진 중심에서 손을 내뻗고 있는 존재가 괴성을 지르며 기어 나오려 하는 게 아닌가?

"라그나! 기욤 경!"

나이젤은 라그나와 기욤을 불렀다.

"맡겨둬라!"

"대가리를 쪼개주마!"

나이젤의 말에 라그나와 기욤은 단숨에 프리츠 공작을 향해 달려들었다.

그리고 라그나는 달려들던 기세 그대로 미스틸테인을 내질렀으며, 기욤은 대형 도끼로 프리츠 공작을 내려쳤다.

콰가가가강!

콰아아아아앙!

어마어마한 굉음과 폭발이 프리츠 공작을 중심으로 한 곳에서 터져 나왔다.

한차례 공격을 내지른 라그나와 기욤은 뒤로 물러났다.

그리고 치솟아 오른 흙먼지들이 다시 가라앉으면서 프리츠 공작이 모습을 드러냈다.

"이걸 버틴다고?"

흙먼지 속에서 멀쩡하게 나타난 프리츠 공작을 본 라그나는 놀란 표정을 지었다가 이내 즐거운 미소를 지었다.

자신과 기욤의 공격을 막아낸 프리츠 공작이라면 즐겁게 싸울 수 있다는 사실을 깨달은 것이다.

하지만 나이젤 입장에서는 결코 좋지 않았다.

[현재 소환율 96%]

잠깐 사이 소환 진행률이 1% 더 증가했으니까.

그 때문에 나이젤은 눈살을 찌푸리며 프리츠 공작에게 소리쳤다.

어떻게든 그의 소환 의식을 방해해야 하니 말이다.

"프리츠 공작! 네놈의 목적은 대체 뭐지? 저게 소환되면 어떻게 되는지 알고는 있나?"

"당연히 알고 있다. 오히려 아무것도 모르는 건 네놈 같은 세계의 주민들이지. 어리석은 쓰레기 놈들."

나이젤의 말에 프리츠 공작은 소환 주문을 외우다 말고 비웃음을 흘렸다.

"그게 대체 무슨 말이야? 아무것도 모르고 있다니?"

나이젤은 프리츠 공작을 노려봤다.

겉모습만 놓고 보면 40대 중년인으로 보이는 인물.

트리플 킹덤 게임에서 그는 동탁 포지션의 인물로 플레이어가 쓰러뜨려야 할 초반 보스에 지나지 않았다.

그런데 지금 프리츠 공작이 하고 있는 일은 기행이나 다름없었다.

그를 믿고 따르는 귀족들을 제물로 바쳐서 정체를 알 수 없는 미지의 적, �口ㅁ을 소환하려고 하는 중이었으니까.

"흥. 네놈 같은 어리석은 쓰레기가 무엇을 알겠느냐. 이 세계는 존재해서는 안 된다. 이 세계에서 오직 나만이 그 사실을 알고 있지."

"뭐?"

존재해서는 안 되는 세계라니?

독백에 가까운 프리츠 공작의 중얼거림에 나이젤은 의아한 표정을 지었다.

　　"그게 대체 무슨 소리냐?"

　　"난 빌어먹을 차원 관리국 놈들이 만□어□ 무□반□ 되는 세계를 끝내 버릴 것이다."

　　"……?"

　　순간 나이젤은 멍한 표정을 지었다.

　　프리츠 공작의 말 중 일부를 알아들을 수 없었기 때문이다.

　　일정 부분에서만 기괴하게 뒤틀린 소리로 들렸다.

　　그뿐만이 아니다.

　　'아니, 여기서 차원 관리국이?'

　　"네놈이 어떻게 차원 관리국에 대해 알고 있지?"

　　나이젤은 놀란 표정으로 프리츠 공작을 바라봤다.

　　이 세계에서 차원 관리국에 대해 알고 있는 존재는 자신밖에 없을 것이다.

　　그리고 만약 자신 이외에 알고 있는 사람이 있다면, 그 말은 곧.

　　"네놈도 플레이어냐?"

　　자신과 같은 플레이어라는 소리였다.

　　"크크크큭!"

　　나이젤의 말에 프리츠 공작은 광소를 터뜨렸다.

　　설마 자신에게 플레이어라고 물어보는 놈이 나타날 줄이야.

　　"이제 보니 더러운 차원 관리국의 개였군. 네놈과 이야기하고 싶은 마음은 없다. 그냥 죽어라."

프리츠 공작은 귀찮다는 표정으로 손을 휘둘렀다.

그러자 프리츠 공작의 그림자 속에서 촉수들이 무수하게 튀어나오면서 나이젤을 향해 덮쳐들었다.

"내가 있다는 걸 잊으면 곤란하지!"

그 모습에 기욤이 나이젤 앞을 막아서며 대형 도끼를 치켜들었다.

콰아아아앙!

이윽고 대형 도끼가 지면을 내려치며 어마어마한 충격파와 함께 대지가 갈라지면서 돌과 흙더미들이 치솟아 올랐다.

그 덕분에 대부분의 촉수들은 충격파와 돌무더기에 막혔다.

키에에에엑!

그리고 충격파에 몸이 찢긴 촉수들에게서 기괴한 비명 소리가 흘러나왔다.

촉수 끝에 날카로운 톱니 같은 이빨이 달려 있는 입이 나 있었던 것이다.

"프리츠! 넌 이 세계에 대해 뭘 알고 있지? 나와 같은 플레이어가 아닌가?"

나이젤은 재차 프리츠 공작에게 질문을 던졌다.

자신이 모르는 이 세계에 대한 비밀을 프리츠 공작이 알고 있는 것 같았으니까.

"뭐야? 이 세계에 대해 듣지 못한 건가?"

프리츠 공작은 입꼬리를 치켜올렸다.

"그럼 말해주마. 이 세계는 �口口口口口이다."

"뭐?"

프리츠 공작의 말에 나이젤의 얼굴이 일그러졌다.

이번에도 프리츠 공작의 말이 기괴하게 뒤틀린 목소리로 들렸기 때문이다.

"쯧. 그렇군. 네놈은 아직 자격이 없는 송사리였구나. 이런 정보조차 필터링 때문에 들을 수 없다니."

프리츠 공작은 나이젤을 바라보며 비웃음을 흘렸다.

어디 그뿐인가?

[경고! 플레이어 김진현 님에게 해당 정보를 공개할 수 없습니다. 따라서 해당 정보는 필터링됩니다.]

'망할!'

프리츠 공작의 말과 눈앞에 떠오른 시스템 메시지를 확인한 나이젤은 눈살을 찌푸렸다.

아무래도 등급이 낮아서 프리츠 공작이 하는 말을 알아들을 수 없는 모양이었으니까.

당연히 이 세계의 주민인 라그나와 기욤도 마찬가지였다.

다만 지금 그들은 프리츠 공작의 말에 신경 쓰기보다 나이젤의 보호에 중점을 두고 있었다.

둘 다 머리보다는 몸이 먼저 움직이는 타입이었으니까.

거기다 라그나의 경우, 기간테스 산맥에서 나이젤을 지키지 못하고 크게 다친 적이 있어서 제자인 카테리나에게 쓴소리를 많이 들어야 했다.

그래서 이번만큼은 나이젤을 지키기 위해 프리츠 공작과 마법진 중앙에서 튀어나오는 거인의 팔을 노려보며 경계를 늦추지 않았다.

"카오스 마족들은 네놈이 처리했나?"

　불쑥, 무심한 눈동자로 나이젤을 바라보고 있던 프리츠 공작이 입을 열었다. 그 말에 나이젤은 피식 웃으며 답했다.

"그렇다면 어쩔 거지?"

"흥. 네놈 같은 애송이한테 마족 녀석들이 당하다니 이번 회차 녀석들은 어지간히 약골들이었나 보군."

"이번 회차? 그건 무슨 말이지?"

"왜, 궁금한가?"

　프리츠 공작은 여전히 비웃는 얼굴로 나이젤을 바라보며 재차 입을 열었다.

"그걸 알고 싶으면 등급부터 올리고 와라, 애송이. 어차피 내가 말해줘도 등급이 안 돼서 듣지도 못할 테니까."

"등급이 안 돼서 듣지는 못해도 유추하지 못하는 건 아니지. 그리고 아예 못 듣는 것도 아니고."

　프리츠 공작의 비아냥에도 나이젤은 얼굴빛 하나 변하지 않았다.

　프리츠 공작의 말에서 한 가지 단서를 얻어냈으니까.

"이번 회차라는 말은, 이전 회차가 있다는 말이겠지?"

　즉, 최소 두 번 이상 프리츠 공작은 카오스 마족들의 침공을 겪은 게 아닐까?

　그렇다면 현재 나이젤이 생각할 수 있는 건 한 가지뿐이었다.

"프리츠 폰 오벨슈타인, 너는 회귀자인가?"

나이젤은 가만히 프리츠 공작을 노려봤다. 프리츠 공작이 회귀자라면, 몇 가지 의문을 해소할 수 있었다.

단순한 각성제 사건이었던 엔젤 더스트가 사실은 강화 병사를 만들기 위함이었고, 예정보다 일찍 프로토타입 헤카테와 양산형들이 등장했다.

거기다 트리플 킹덤 게임에서는 없었던 슈테른 제국 반란 사건까지.

만약 프리츠 공작이 회귀자라면 그런 일들을 일으킬 수 있었던 것도 설명이 된다.

다만, 트리플 킹덤 게임에서 회귀라는 개념은 없었다.

그저 진현이 현대에서 트리플 킹덤 게임을 하며 가끔 본 판타지소설에서 몇 번 본 적이 있을 뿐이었다.

미래의 기억을 가지고 과거로 돌아온 자들의 이야기를 말이다.

"회귀자라. 반은 맞고, 반은 틀렸다고 볼 수 있겠군."

프리츠 공작은 회한이 가득한 표정을 지었다.

하지만 이내 피식 웃음을 흘린 후 경멸스러운 눈빛으로 나이젤을 바라봤다.

"엄밀히 말하자면 난 회귀자가 아니다. 네놈이 따르고 있는 차원 관리국 놈들의 희생자라고 할 수 있지. 아니, 나뿐만이 아니라 이 세계 전체가 말이야."

"뭐? 그건 또 무슨 말이야?"

나이젤은 골치가 아파왔다.

프리츠 공작의 말을 유추하면 회귀자가 분명했다.

그런데 회귀자도 아니고, 차원 관리국의 희생자라고 하니 무슨 말인지 도통 알 수가 없었던 것이다.

거기다 이 세계 전체가 희생자라니?

대체 무슨 이유 때문에 이 세계가 차원 관리국에게 희생당한 거라고 하는 것일까?

"네놈 같은 송사리가 뭘 알겠느냐. 이 세계의 진실을 알고 싶다면 등급부터 올리고 와라. 하지만."

프리츠 공작은 나이젤을 바라보며 비웃음을 흘렸다.

"그것도 이제 불가능하겠군. 나는 이 세계에 종지부를 찍을 거니까."

그렇게 말하는 프리츠 공작의 얼굴은 어딘가 모르게 굉장히 지쳐 보였다.

마치 오랜 시간 같은 일을 반복해 온 것처럼.

쿠구구구구궁!

크워어어어어!

그리고 프리츠 공작의 말이 끝나자 붉은빛의 마법진 중심이 진동을 하며 거대한 팔이 밖으로 다시 기어 나오려 했다.

"라그나! 기욤 경!"

"기다리고 있었다!"

"맡겨주시오!"

나이젤의 외침에 라그나와 기욤이 프리츠 공작을 향해 뛰어들었다.

라그나는 마법진 중심에서 튀어나와 있는 거인의 팔을 향해.

기욤은 프리츠 공작을 향해서.

콰아아앙!

그들이 서로 맞붙자 지하 공동 안의 공기가 진동하며 굉음이 울려 퍼졌다.

쌔애액!

거인의 팔 주변의 붉은 마법진에서 솟구쳐 나온 검은 촉수들이 공기를 날카롭게 가르며 라그나를 향해 날아들었다.

그뿐만이 아니라 거인의 팔도 라그나를 잡기 위해 이리저리 움직였다.

하지만 라그나는 최강자들 중 한 명.

미스틸테인을 휘두르며 촉수들을 튕겨내고 오히려 거인의 팔에 날카로운 공격을 가하기도 했다.

"흐랴아압!"

그사이 기욤은 기합을 내지르며 프리츠 공작을 향해 대형 도끼를 휘두르고 있었다.

기욤이 대형 도끼를 휘두를 때마다 충격파가 터져 나왔다. 그 또한 어마어마한 괴력의 소유자이기도 했으니까.

그렇게 라그나와 기욤이 거인의 팔과 프리츠 공작을 상대하고 있는 동안, 나이젤도 놀고 있지 않았다.

'저걸 되돌려야 돼.'

나이젤은 붉은 핏빛 마법진과 기괴하게 뒤틀린 채로 솟아나 있는 거인의 팔을 노려봤다.

저 팔의 주인이 레나엘이 이야기했던 위험하기 짝이 없는 정체불명의 존재일 터.

어떻게든 저 팔의 주인이 소환되는 걸 막아야 했다.

'지면에 새겨져 있는 마법진을 없앤다면…….'

나이젤은 프리츠 공작이 만든 걸로 보이는 핏빛 마법진을 노려봤다.

콰콰콰콰쾅!

지금 그 위에서 라그나와 거인의 팔이, 기욤과 프리츠 공작이 격렬하게 싸우고 있었다.

그 덕분에 라그나와 기욤이 거인의 팔과 프리츠 공작을 공격하면서 몇 번이나 핏빛 마법진을 내려쳤지만 끄덕도 하지 않았다.

'마법진을 부수는 건 무리인가.'

지금 라그나와 기욤은 전용 헤카톤케일까지 장착하고 싸우는 중이었다.

그럼에도 핏빛 마법진은 버티고 있었다. 힘으로 부술 수 없는 종류인 모양이었다.

'분명 방법이 있을 거야.'

나이젤은 시야를 넓혀서 공동 전체를 둘러봤다.

프리츠 공작을 믿고 따르다가 제물로 바쳐진 귀족들의 시체가 바닥에 즐비했다.

그리고 그때 나이젤의 시선을 잡아 끄는 게 있었다.

'저건?'

지하 공동의 깊은 안쪽 천장에서 빗물 같은 액체가 떨어져 내리는 게 보였던 것이다.

나이젤은 그림자 은신술을 시전하며 어둠 속에서 조용히 공동 안쪽으로 들어갔다.

'피?'

놀랍게도 천장에서 한 줄기 핏물이 지속적으로 떨어져 내리고 있었다.

'설마?'

나이젤은 흠칫 놀란 표정을 지으며 천장을 올려다봤다.

등줄기를 타고 전율이 내달렸다.

프리츠 공작이 미지의 적을 소환하기 위해 바친 제물은 지하 공동에 있는 귀족들뿐만이 아니었다.

지상에서 싸우고 있는 병사들의 피까지 제물로 삼았던 것이다.

그리고 천장에서 핏물이 떨어지는 바닥에는 제단이 하나 있었다.

'이거구나!'

나이젤은 직감적으로 느꼈다.

이 제단이 핏빛 마법진과 긴밀하게 연결되어 있음을.

철컥철컥.

상황 파악을 마친 나이젤은 루프스 렉스를 장착했다.

이어서 육체 강화 스킬도 발동시켰다.

크앙!

거기에 까망이의 섀도우 아머까지.

[라스트 어빌리티, 익스터미네이션 임팩트 현존 최대 출력 85% 기동 승인!]

우우우우웅!

루프스 렉스의 양손 장갑에서 파멸적인 충격파가 요동치듯 흘러나왔다.

"네놈!"

순간 프리츠 공작이 나이젤을 향해 노려보며 소리쳤다. 심상치 않은 충격파의 파동을 느낀 것이다.

"이미 늦었어."

나이젤은 놀란 표정으로 눈을 부릅뜨고 있는 프리츠 공작을 향해 피식 웃어 보였다.

그리고 충격파가 흘러나오는 양손을 지면에 내리꽂았다.

엑스트라 어빌리티(Extra Ability),

그라운드 임팩트(Ground Impact)!

콰콰콰콰콰콰쾅!

어마어마한 충격파가 지하 공동 바닥에서 터져 나왔다.

지면이 갈라지면서 터져 나온 폭발은 제단과 붉은 핏빛 마법진을 완전히 파괴해 버렸다.

"아, 안 돼!"

뒤늦게 프리츠 공작이 나이젤을 향해 달려들었지만 이미 늦었다.

크아아아아아아아!

제단과 마법진이 파괴되면서 소환되고 있던 거인의 팔이 기괴한 괴성과 함께 차원의 저편으로 사라지기 시작했으니까.

"이노오오옴!"

분개한 프리츠 공작이 나이젤을 향해 팔을 휘둘렀다.

촤르르르륵!

프리츠 공작의 그림자 속에서 촉수가 튀어나오며 나이젤을 향해 날아들었다.

최대 출력 임팩트를 날린 나이젤은 현재 그로기 상태나 다름없었다.

이미 이곳에 오기 전 75% 출력의 임팩트로 엑스트라 어빌리티를 한 번 사용한 적도 있었으니 말이다.

현재는 루프스 렉스를 유지한 채 그저 서 있는 것이 고작이었다.

프리츠 공작의 분노가 실려 있는 촉수들을 막을 수단이 없는 상황.

뒤늦게 라그나나 기음이 프리츠 공작의 뒤를 쫓고 있었지만 이미 한발 늦은 것처럼 보였다.

그들보다 먼저 프리츠 공작의 공격이 나이젤에게 닿을 테니까.

즈즈즈즁!

순간 루프스 렉스를 감싸는 검은 막이 나타났다.

까가가강!

이윽고 검은 막과 촉수들이 맞부딪치면서 굉음이 울려 퍼졌다.

끼이잉…….

까망이가 최후의 힘을 짜내서 섀도우 배리어를 전개한 것이다.

"아, 안 돼! 이럴 수는 없어! 약속과 다르잖아!"

이어서 나이젤을 향한 공격이 막힌 프리츠 공작에게 이변이 일어났다.

프리츠 공작의 발밑에 검은 웅덩이 같은 그림자가 생겨나면서 늪처럼 그를 삼키고 있었던 것이다.

프리츠 공작은 나이젤을 죽일 듯이 노려보며 소리쳤다.

"네놈! 아무것도 모르는 버러지가 감히 내 계획을 망쳐놔? 나는 다시 돌아올 것이다! 그리고 네놈을 반드시 죽여 버리겠다. 반드시!"

프리츠 공작은 나이젤을 향해 저주를 퍼부으며 거인의 팔과 함께 차원의 저편으로 사라져 버렸다.

[축하합니다! 당신은 카오스 돌발 미션을 클리어하셨습니다!]

[미지의 적을 소환하려던 프리츠 폰 오벨슈타인은 카오스 차원계로 사라졌습니다. 그는 그곳에서 자신의 죗값을 치르게 될 것입니다.]

[아울러 이 세계를 지켜주신 나이젤 님에게 차원 관리국에서……]

'끝났나?'

나이젤은 눈앞에 떠오른 메시지들을 그저 바라보며 천천히 의식의 끈을 놓았다.

*　　　*　　　*

프리츠 공작이 카오스 차원으로 사라지면서 전쟁은 끝이 났다.

프리츠 공작군의 병사들과 기사들은 엔젤 더스트로 조종받고 있었다.

그런데 지휘관이라고 할 수 있는 프리츠 공작이 사라지면서 하나둘 제정신을 차리기 시작했던 것이다.

그렇게 프리츠 공작 토벌전은 막을 내렸다.

*　　　*　　　*

비록 프리츠 공작 토벌전이 끝났지만, 슈테른 제국의 혼란은 가라앉지 않았다.

가장 큰 이유는 황제의 부재였다.

프리드리히 황제가 병사하면서 발생한 프리츠 공작의 내란으로 인해 제국은 거의 반으로 갈라지다시피 했다.

다행히 나이젤의 활약으로 빠르게 프리츠 공작을 처단하게 되면서 제국의 피해는 그나마 적었다.

만약 전쟁이 길어지고, 거기다 카오스 차원에 존재했던 미지의 적까지 출현하게 되었으면 얼마나 큰 피해가 생겼을지 상상도 되지 않았다.

아무튼 프리츠 공작 토벌전이 끝난 후, 얼마 지나지 않아 황태자가 황제로 등극했다.

하지만 표면상의 황제일 뿐이었다.

아무런 실권이 없는 어린 황제를 과연 누가 진심으로 충성하고 따를까.

사실상 슈테른 제국은 몰락의 길을 걷기 시작한 것이다.

'이제 시간이 얼마 없어.'

프리츠 공작 토벌이 끝난 후, 나이젤은 팬드래건 백작 가문 병사들과 함께 일행들을 이끌고 빠르게 귀환 길에 올랐다.

그리고 라이네 남작가와는 훗날을 기약하며 그들에게도 빨리 영지로 돌아가는 걸 추천했다.

머지않아 군웅할거가 시작되면서 난세가 도래할 테니까.

프리츠 공작 토벌전이 끝나면서, 프리츠 공작과 그를 따르던 귀족들은 몰락했다.

하지만 프리츠 공작파의 귀족들이 차지하고 있던 영지들은 그대로 남아 있었다.

그렇다면 무슨 일이 벌어질까?

이권 분쟁이 시작된다.

주인이 없는 먹음직스러운 영지들이 남아 있으니 말이다.

프리츠 공작파들이 가지고 있던 영지들을 원하는 귀족들은 산처럼 많았다.

그로 인해 영지를 차지하기 위한 이권 대립 분쟁이 시작될 터.

이제 조만간 여러 군웅들이 할거하면서 난세가 도래하는, 두 번째 에피소드 프론트 라인의 시작이 멀지 않은 것이다.

'일단은 강해지는 수밖에 없나?'

나이젤은 생각에 잠겼다.

아직 풀리지 않은 의문들은 많이 남아 있었다.

프리츠 공작이 누구이며 왜 미지의 적이라는 존재를 소환하려고 했는지.

그리고 미지의 적은 또 무엇인지.

트리플 킹덤 게임과 다르게 등장한 카오스 마족들의 정체 등등.

아직 풀리지 않은 수수께끼들이 많이 남아 있었다.

'이 세계의 비밀조차 아직 알 수 없으니 말이야.'

거기다 이 세계가 어떤 곳인지 여전히 알 수 없었다.

다만, 프리츠 공작은 알고 있는 눈치였었다.

그래서 가능하면 그를 붙잡을 생각이었지만, 소환 중이던 미지의 적을 방해한 탓인지 프리츠 공작은 카오스 차원계로 사라져 버리고 말았다.

아마 앞으로 그를 보는 건 어려울 것 같다고 나이젤은 생각했다.

미지의 적이라는 정체불명의 존재가 소환에 실패한 프리츠 공작을 가만히 놔둘 것 같지 않았으니까.

그러니 일단 이 세계의 비밀을 알려면 등급을 올리는 수밖에 방법이 없어 보였다.

'어떻게든 강해져서 차원 관리국 놈들을 쥐어짜든가 해야지.'

모든 것의 비밀을 쥐고 있는 건, 분명 차원 관리국일 터.

나이젤은 언젠가 레나엘과 만나기를 정말 고대했다.

그때야말로 모든 비밀을 알 수 있을 테니 말이다.

*   *   *

노팅힐 영지 집무실.

지금 그곳에 다리안 영주부터 가리안, 해리, 루크, 거기다 아세라드와 아리아, 울라프까지 모여 회의 중이었다.

그리고 다리안 영주를 제외한 인물들은 다들 놀란 표정을 짓고 있었다.

"다리안 형님, 아니, 영주님. 정말 그럴 생각입니까?"

가리안 백부장은 재차 다리안 영주의 말을 확인했다.

조금 전 다리안 영주가 폭탄선언을 했기 때문이다.

"내 생각에는 변함이 없네. 하지만 가리안, 너는 어떻게 생각하나?"

가리안 백부장의 질문에 다리안 영주는 오히려 되물었다.

"딱히 반대하지 않습니다. 아니, 오히려 환영할 일이죠."

영지 정기 회의 중이었기에 가리안은 평소와 달리 비교적 얌전한 태도로 답했다.

"고맙네."

다리안 영주는 고개를 숙였다.

지금 다리안 영주가 하려고 하는 계획에는 가리안 백부장의 동의가 절대적으로 필요했기 때문이다.

그런데 가리안 백부장이 순순히 응해주었기에 다리안 영주는 한시름 놓을 수 있었다.

"나이젤 백부장을 위해서라면 이 정도쯤은 해줘도 부족하지 않습니다. 그가 우리 영지에 해준 걸 생각하면 당연합니다."

가리안 백부장의 말에 집무실에 있던 사람들은 다들 고개를 끄덕였다.

나이젤이 아니었으면 우드빌이나 윌버처럼 노팅힐 영지가 사라졌어도 이상하지 않았으니 말이다.

이어서 다리안 영주는 집무실 내부를 둘러봤다.

"다른 사람들의 생각은 어떤가?"

"다리안 영주님의 뜻을 따르겠습니다. 그리고 아마 영지민들이 굉장히 좋아하겠군요."

"저도 동의합니다. 영지민들뿐만이 아니라 영지군의 사기도 올라갈 것 같습니다."

"뿐만 아니라 외교나 경제적인 쪽에서도 좋은 영향이 있을 것 같습니다. 나이젤 백부장님의 명성이 제법 높으니까요."

"좋은 생각이십니다. 제 동료들도 좋아할 것 같군요. 나이젤 백부장님은 저희 드워프들의 은인이니 말입니다."

"저도 찬성해요. 나이젤 백부장님은 아이들도 좋아하니 말이에요."

다리안 영주의 말에 해리, 루크, 아세라드, 울라프, 아리아 순으로 미소를 지으며 답했다.

"알겠네. 그럼 나이젤 백부장이 돌아오는 대로 실행할 수 있도록 준비를 해주게."

"물론입니다."

다리안 영주의 말에 일행들은 고개를 끄덕였다.

"나이젤 백부장이 무슨 표정을 지을지 궁금하구먼."

다리안 영주를 비롯한 집무실에 있던 일행들의 얼굴에는, 평소 나이젤이 사고를 치기 전 짓던 웃음과 흡사한 장난기 가득한 미소가 가득했다.

그로부터 수일 후.

크림슨 용병단을 비롯한 나이젤 일행이 노팅힐 영지에 도착했다.

*　　　　　*　　　　　*

"어서오게, 나이젤 백부장!"

"다리안 영주님?"

일행들과 성채 도시 안에 들어온 나이젤은 어리둥절한 표정을 지었다.

그건 크림슨 용병단과 다니엘, 카테리나도 마찬가지였다.

영주성에 있어야 할 다리안 영주가 성채 도시 중앙 광장에 있었기 때문이다.

거기다 광장에는 이전에 없던 큰 단상이 있었고 그 위에 다리안 영주를 비롯한 노팅힐 남작 가문의 간부들이 서 있었다.

가리안 백부장을 시작으로 해리와 루크, 아세라드와 아리아, 딜런과 트론뿐만이 아니라 울라프까지 모두 다리안 영주의 뒤에 서 있는 상황.

'뭐지?'

나이젤은 의아한 얼굴로 단상 위에 있는 다리안 영주를 바라봤다.

"거기 있지 말고 이리 올라오게. 자네와 영지민들에게 할 중요한 이야기가 있네."

"중요한 이야기요?"

다리안 영주의 말에 나이젤은 반신반의한 표정으로 단상으로 올랐다.

그러자 다리안 영주는 두 손으로 나이젤의 손을 붙잡았다.

"내가 전에 깜짝선물을 주겠다고 한 것 기억하나?"

"선물이요?"

다리안 영주의 말에 나이젤은 생각에 잠겼다.

그러고 보니 카오스 몬스터들의 위협이 끝나면 깜짝선물을 준다고 했던 기억이 났다.

하지만 카오스 몬스터들의 위협이 끝날 때쯤에 황제가 병사하고, 프리츠 공작이 반란을 일으켰다는 소식 때문에 시간이 좀더 걸릴 것 같다고 다리안 영주가 말한 적이 있었다.

"이제 그 선물을 주겠네."

다리안 영주는 나이젤을 바라보며 빙긋 웃어 보였다.

그리고 중앙 광장에 모여 있는 수많은 영지민들을 내려다봤다.

"오늘 여기서 이곳에 모인 영지민들에게 중요한 발표를 하려고 하네."

다리안 영주의 말에 중앙 광장에서 웅성거리며 단상을 바라보고 있던 영지민들이 입을 다물었다.

그러자 거짓말처럼 중앙 광장은 조용한 적막감이 감돌았다.

"오늘부터 나이젤 백부장을 노팅힐 남작 가문의 후계자로 받아들이겠네!"

"……!"

순간 노팅힐 영지민들은 멍한 표정을 지었다.

다리안 영주의 말을 순간적으로 이해하지 못한 것이다.

그건 나이젤도 마찬가지.

'지금 뭐라고?'

나이젤은 눈을 부릅뜨며 다리안 영주를 바라보며 입을 열었다.

"다, 다리안 영주님, 지금 그 말씀은……."

와아아아아아아!

하지만 나이젤의 말이 채 끝나기도 전에 전에 단상 아래에서 우렁찬 함성 소리가 터져 나왔다.

"다리안 영주님 만세!"

"나이젤 후계자님 만세!"

다리안 영주의 말이 무엇을 의미하는지 알아차린 영지민들이 하나둘 환호성을 내지르기 시작한 것이다.

[축하합니다! 당신은 슈테른 제국의 노팅힐 남작 가문을 잇는 후계자가 되셨습니다!]

그뿐만이 아니라 시스템 메시지가 나이젤의 눈앞에 떠오르면서 쐐기를 박았다.

'내가 노팅힐 남작가의 후계자가 되었다고?'

나이젤은 이게 무슨 소리인지 어안이 벙벙했다.

그런 나이젤의 귀에 다리안 영주의 떨리는 목소리가 들렸다.

"나이젤 백부장, 내 양자가 되어주지 않겠나?"

그 말에 화들짝 정신을 차린 나이젤은 다리안 영주를 바라봤다.

다리안 영주는 안절부절못하는 표정으로 나이젤을 바라보고 있었다.

나이젤의 의사와 관계없이 다리안 영주가 성대하게 후계자 발표를 해버렸으니 말이다.

일단 지금 이 일이 얼마나 큰 건인지 어느 정도 자각은 있는 모양이었다.

"……."

그리고 다리안 영주를 한 차례 바라본 나이젤은 뒤에 있는 인물들을 바라봤다.

이만한 일을 다리안 영주 혼자 저지르지 않았을 터.

역시나 다리안 영주 뒤에 있던 인물들 절반은 나이젤과 눈을 마주치지 못하고 고개를 돌렸다.

그리고 가리안 백부장과 아리아는 흐뭇해 보이는 미소를 지으며 나이젤을 바라보고 있었다.

'이 양반들이 지금 상황을 즐기고 있네?'

그들의 모습에 나이젤은 속으로 한숨을 내쉬었다.

'그나저나 노팅힐 가문의 후계자라니…….'

지금 나이젤의 신분은 어디까지나 평민이었다.

기사 작위를 받았을 뿐, 귀족은 아니었으니까.

그리고 슈테른 제국에서 귀족이 되거나, 혹은 귀족으로 인정받는 건 결코 쉬운 일이 아니었다.

그런 상황에서 가장 쉽게 귀족이 되는 방법이 하나 있었다.

바로 지금 다리안 영주가 제안한 것처럼 다른 귀족의 양자로 들어가 후계자가 되는 방법이었다.

"다리안 영주님과 가리안 백부장님은 두 분 다 괜찮으신 겁니까?"

나이젤은 마지막으로 다리안 영주와 가리안 백부장을 바라봤다.

노팅힐 남작 가문을 잇는 인물은 저 두 명으로, 다리안 영주 이외 후계자는 가리안 백부장이었다.

"물론. 나도 자네가 내 조카가 된다면 환영하네. 어차피 우리 둘 다 자식은 없으니 말이야."

"나중에 후사를 보게 된다면……."

"그건 그때 가서 생각해 볼 문제지. 나나 형님도 바보는 아니라네. 앞으로 무슨 일이 생길지 아세라드에게 들어서 알고 있으니까."

"…그렇군요."

가리안 백부장의 대답에 나이젤은 고개를 끄덕였다.

머리가 좋은 아세라드라면 앞으로 무슨 일이 생길지 어느 정도 예측하고 있는 모양이었다.

군웅할거.

즉 난세가 시작된다.

다리안 영주와 가리안 백부장은 그때를 대비하기 위해 나이젤에게 후계자 자리를 제안한 것이다.

"나는 진짜 아들이 되어주면 좋겠다고 생각하고 있네만."

그때 다리안 영주가 고개를 옆으로 돌리며 볼멘소리로 말했다.

그 말에 나이젤은 그만 웃음이 나와 버렸다.

"알겠습니다, 다리안 영주님. 양자가 되어드리, 아니, 저를 양자로 받아들여 주십시오."

"오오, 정말 그래 주겠는가?"

나이젤의 말에 다리안 영주의 얼굴에 화색이 돌기 시작하면서 웃음꽃이 피어났다.

와아아아아아아!

그리고 나이젤이 다리안 영주의 양자가 되겠다는 말에 영지민들의 환호성 소리가 더욱 크게 울려 퍼졌다.

그렇게 나이젤은 다리안 영주의 양자가 되면서 노팅힐 남작 가문의 후계자가 되었다.

*　　　　*　　　　*

그로부터 수일 후.

[두 번째 에피소드 미션, 프론트 라인이 시작됩니다.]

삼국지의 군웅할거라고 할 수 있는 프론트 라인 미션이 시작
되었다.

『게임 씹어먹는 엑스트라』1부 완결

작가 후기

안녕하세요?
월문선입니다.

드디어 게임 씹어먹는 엑스트라가 1부 완결을 했네요.

게임 씹어먹는 엑스트라는 삼국지의 등장인물들과 시나리오를 기반으로 제작된 판타지 배경의 전략 시뮬레이션 게임인 트리플 킹덤 속으로 주인공이 들어가게 되면서 일어나는 이야기입니다.

그리고 초반에 군주나 혹은 유명한 군주 밑에서 시작하는 게 아니라, 엄백호 군세의 병사로 주인공이 눈을 뜨면서 이야기가 시작되지요.

그래서 장편을 생각하고 글을 썼습니다.

1부는 삼국지로 치면 황건적의 난에서 동탁 토벌전까지였고,

2부는 조조, 유비, 손책 등등 유명한 군웅들을 모티프로 한 판타지 배경의 다양한 군주들과 무장들이 벌이는 난세 속에서, 주인공이 대륙을 통일해 가는 과정의 이야기입니다.

3부는 1부에서 등장했던 카오스 마족들이 다시 등장하면서 전쟁을 하는 내용이고요.

그리고 1부에서 주인공이 어느 정도 성장을 하고 영지를 강화시키면서 몬스터 플러드를 막아내고, 1부 최종 보스라고 할 수 있는 프리츠 공작까지 토벌하면서 어느 정도 마무리는 지었다고 생각합니다.

이제 삼국지의 군웅할거라고 할 수 있는 프론트 라인 미션과 함께 2부가 시작되니까요.

다음 2부는 언제가 될지 알 수 없지만, 기회가 되면 다시 찾아뵐 수 있도록 노력해 보겠습니다. ㅠㅠ

그럼 지금까지 게임 씹어먹는 엑스트라를 사랑해 주신 독자 여러분들에게 감사의 인사를 드리며 전 이만 물러갑니다! ^^

다음 작품도 기대해 주세요!